悪魔の食卓

contents

Level 1

Level 2

Level 3   Level 4

作者序言

我開始認真煮餸，全因為媽媽煮得不好吃。

不要誤會。我很愛媽媽，但每個人天生都有不一樣的優點。

例如我媽媽是一位很好的老師，受到很多學生的尊敬，但我媽媽就是拿筆比拿起鑊鏟更優勝。當年剛移民加拿大，媽媽每天都很用心給妹妹和我煮晚餐，填飽了我們的肚子，但滿足不了我們的舌頭。

話說回來，我舌尖味蕾的寵壞，全因我嫲嫲煮得太好吃。

小時候和嫲嫲爺爺同住。每晚都有嫲嫲煮飯，豬牛雞魚樣樣齊。

閒時還會吃到自家製泡菜、鹹魚、鹽焗雞，不是甚麼珍饈百味，但對一位小學生來說，簡直是味覺天堂。而很多時，我也會和嫲嫲一起煮飯，雖然看多過幫忙，但每次都好期待可以快快將這些餸菜放入口。

到了現在，我已不再是等人放食物入我口的可愛肥仔，而是變了一個有肚腩、要餵飽全家的煮家男人。

不要誤會。我很喜歡現在的角色，很愛我的家人，很愛每天都能夠煮飯給他們吃。

我想，每天營營役役中，可以給家人製造味道的回憶，是值得的、是幸福的。

泰山

2024年7月

　　我想做泰山！細個嗰陣真係有諗過做泰山，七十年代電視劇裡面嗰個。上面大大隻下面細細條啡色皮底褲，日日就係咁喺個森林度條條掚來掚去，間唔屎大叫幾聲又一日，咁就收工成為森林之王，做男人做到咁，夫復何求！

　　細個有諗過囉！之後冇嘞！直至我遇到另外一位泰山，我又好想做泰山嘞！真係好想好似泰山咁，擁有個法國Disciples　Escoffier文憑，成為一名大廚，咁我就可以得閒撚吓法國菜，氹吓愛人開心，晚晚je　t'aime　beaucoup啦！我更想好似泰山咁，拿手親子料理，到時我嘅屋企人一定好欣賞我、尊敬我、感激我！

　　我都好想好似泰山咁，喺公開歌唱比賽攞個冠軍，咁我嘅歌唱事業一定會大發光芒，參加中年好聲音，唱贏所有大叔大嬸，一開聲班應援Auntie個個眼濕濕叫安歌，演唱會加場又加場，年年一月一號係咁頒獎俾自己！

　　我更想好似好似泰山咁，擁有牙買加血統，咁我呢個香港仔就會多個身份扮鬼仔，到時就可以同人講Well！Actually呢I'm a JANmaican囉！

　　然後仲好似佢咁，娶個中法混血兒靚太太，嘩！520射La　Vie！仲有，如果我真係好似泰山咁，咁我個英文名就會變做Patrick！係，因為泰山個英文名係Patrick！維基講嘅！

　　Patrick？泰山原來叫Patrick？Well！Actually 呢……我都係叫返阿Jan嘞！

林海峰

晴朗主持

我好鍾意睇人煮嘢食，網上有無數教人煮嘢食嘅片，有啲啱睇嘅我會follow，甚至儲起啲片，等第日試吓跟佢哋煮。咁啱泰山都有個專頁專門教人煮嘢食，叫泰山自煮，最初睇係因為識得佢，又知道佢好認真上堂，考咗個正式嘅法國烹飪學校證書，又即管睇吓佢煮成點。但係隔住個mon睇人煮嘢食，睇到食唔到，好唔好食真係唔知㗎嘛！好彩佢係晴朗嘅嘉賓主持，有時會煮嘢請我哋食，咁我就知道佢真係煮得㗎。所以佢將自己嘅食譜結集出書，你哋有口福啦！

盧覓雪

泰山兄寫邪惡食譜是純真的宣言是勇氣表白，在全球正吹健康風的當下，開宗明義邪惡，是對美味的丹心一片。

其實正牌的邪惡食物並不可怕，只要控制好份量一切百無禁忌。反之今天科技進步魔鬼往往會假裝健康和善良，假低脂、低糖陷阱、塑化劑，和元素週期表的化學調味才真正要避之則吉。

這本邪惡食譜，簡單易明，食材精挑細選只要跟足程序人人都可以在家中將食材精粹無限放大。正啊喂！

阮子健

突然之間，個個都鬼咁道德正確，想講句笑都要思前想後有冇得罪呢個、得罪嗰個，結果……搞到講少句，甚至唔講。

　　突然之間，個個整嘢食都講究營養健康、少油少糖，至於味道方面，變成好似唔係好關事，睇落唔多開胃，結果……搞到食少餐，甚至唔食。

　　難得邪惡教煮泰山兄經營邪惡食譜，夜深看之，不只一次大叫一聲：「跟！」深夜邪惡纏綿一番……

偶爾邪惡，不亦快哉！

谷德昭

（特別鳴謝：阮子健攝）

LEVEL 1
LET'S GO!

地獄

岂能一步登天，
先來嘗試初階班！

韓式焗芝士粟米
Korean Style Corn Gratin with Cheese

罐頭粟米，隔水 Canned Corn, Drained	⋯⋯⋯⋯⋯⋯⋯⋯	380g
紅燈籠椒 Red Bell Pepper	⋯⋯⋯⋯⋯⋯⋯⋯	0.5pc
蛋黃醬 Mayonnaise	⋯⋯⋯⋯⋯⋯⋯⋯	50g
白砂糖 / 啡糖 Granulated Sugar	⋯⋯⋯⋯⋯⋯⋯⋯	10g
鹽 Salt	⋯⋯⋯⋯⋯⋯⋯⋯	1g
黑胡椒碎 Ground Black Pepper	⋯⋯⋯⋯⋯⋯⋯⋯	1g
無鹽牛油 Unsalted Butter	⋯⋯⋯⋯⋯⋯⋯⋯	10g
馬蘇里拉芝士碎 Shredded Mozzarella	⋯⋯⋯⋯⋯⋯⋯⋯	100–120g
蔥 Green Onion		

韓式焗芝士粟米
Korean Style Corn Gratin with Cheese

　　為什麼韓國人那麼愛吃粟米？其實傳統韓國料理內，粟米不是一款常用的食材，但因為韓戰時期，駐韓國的美國士兵，其中主要食糧就是罐頭粟米，及後流落韓國民間，成為一款戰時及戰後很受歡迎的食材。而粟米在韓國料理內又沒有既定煮法，所以引來很多非常獨特的煮法。其中突圍而出，亦大受歡迎的，就有這款焗芝士粟米。

步驟
Steps

1. 將紅燈籠椒切條再切粒，加入至罐頭粟米（A）
2. 加入鹽、白砂糖或啡糖及黑胡椒碎
3. 加入蛋黃醬拌勻成粟米混合物（B）
4. 將無鹽牛油煮至起泡（C）
5. 加入粟米混合物拌勻一會
6. 離火灑上馬蘇里拉芝士碎（D）
7. 放入已用上火預熱 240 度的焗爐烤焗 4 分鐘，完成

麻辣蘿蔔肉碎飯
Mala White Turnip & Minced Pork with Rice

白蘿蔔 White Turnip ··································· 660g

川花椒 Sichuan Peppercorn ······················· 6g

免治豬肉 Minced Pork ····························· 400g

辣豆瓣醬 Fermented Chili Bean Sauce ·············· 40g

黑豆鼓油 Black Bean Soy Sauce ··················· 40g

白砂糖 Granulated Sugar ························· 30g

蒜蓉 Minced Garlic ····························· 15g

薑蓉 Minced Ginger ····························· 8g

雞湯 Chicken Stock······························ 400ml

麻辣蘿蔔肉碎飯
Mala White Turnip & Minced Pork with Rice

　　麻辣不是我杯茶。我不太喜歡吃，因為外出吃的，太麻太辣又或太油，不過我太太很喜歡，但只看着她吃又好像不是味兒 - 於是我決定在家煮一款我能吃又吃得開心的麻辣菜式，於是就出現了這款菜。花椒不多，剛好，蘿蔔香甜，易入口，Perfect！

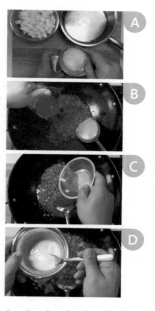

步驟 Steps

01. 將白蘿蔔切粒
02. 將鹽、洋蔥粉、蒜粉、白砂糖和紹興酒加入至免治豬肉，封保鮮紙冷藏醃 20 分鐘
03. 將生米倒進茶包，連同白蘿蔔放進冷水，煲滾後煮 10 分鐘（A）
04. 將煮完的白蘿蔔隔水放涼
05. 用油以中大火炒熱免治豬肉至微焦，然後炒勻至八成熟，撈起備用
06. 用油以細火爆香薑蓉、蒜蓉和豆瓣醬
07. 加入少量雞湯、白砂糖、黑豆蔭油膏和剩餘的雞湯成醬汁（B）
08. 調至中火煮滾醬汁後加入免治豬肉和少量川花椒（C）
09. 煮滾後加入白蘿蔔，滾起後調至細火煮 5 分鐘
10. 調至中火，分次加入預先與水混合的木薯粉芡汁，與醬汁拌勻，完成（D）

豬肉醃料 Pork Marinade

白砂糖 Granulated Sugar	5g
蒜粉 Garlic Powder	0.25tsp
洋蔥粉 Onion Powder	0.25tsp
紹興酒 Xiao Xing Wine	15g
鹽 Salt	3g

焓蘿蔔用 For Boiling Turnip

白米 White Raw Rice	25g
水 Water	1 – 1.2L

芡汁 Slurry

木薯粉 Tapioca Starch	15g
水 Water	30g

法式芥辣汁豬扒
Pork Chop With Dijon Sauce

豬扒 Pork Chop	3pcs (450g)
無鹽牛油 Unsalted Butter	25g
乾蔥 Shallots	100g
白葡萄酒 White Wine	125ml
忌廉 Whipping Cream	125ml
法式芥辣醬 Dijon Mustard	10g
鹽 Salt	1tsp
黑胡椒碎 Ground Black Pepper	1tsp
菠菜苗 Spinach	

法式芥辣汁豬扒
Pork Chop With Dijon Sauce

　　世界各地都有碟頭飯，但我覺得法國和我們的碟頭飯最相似－有汁有肉，不同的可能是法國人用意粉伴，我們就用白飯。又和你分享一個小知識：其實芥辣醬原本的顏色不是黃色－我想你估也估不到，原本的顏色是灰色。現在市面上買到的芥辣，那個獨特的黃色，是來自薑黃粉。

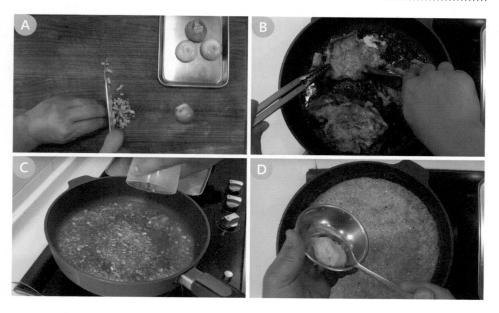

步驟
Steps

01. 將乾蔥切碎（A）
02. 加入鹽和黑胡椒碎至豬扒，醃 5 分鐘
03. 用油和無鹽牛油以中上火煎香豬扒，蓋上鍋蓋每邊煎 1-2 分鐘
04. 期間可將豬扒弄鬆攤開（B）
05. 撈起將豬扒用錫紙蓋著
06. 倒走煎香豬扒的油分後開火爆香乾蔥至半透明
07. 加入白葡萄酒並煮至酒精揮發（C）
08. 加入忌廉
09. 加入法式芥辣醬拌勻（D）
10. 按個人喜好加入已洗好的菠菜苗拌勻，完成

法國焗薯批
Dauphinoise Potatoes

薯仔 Potatoes	1.2kg
鹽 Salt	2tsp
黑胡椒碎 Ground Black Pepper	1tsp
新鮮豆蔻碎 Fresh Ground Nutmeg	0.5tsp
蒜頭 Garlic	1 clove
無鹽牛油 Unsalted Butter	20g
忌廉 Cream	250ml
牛奶 Milk	480ml

法國焗薯批
Dauphinoise Potatoes

誰會想到，只用薯仔、忌廉和牛奶，就能做出這麼好味的食物出來！這款焗薯批，在餐廳吃的時候，多半是伴菜，但曾經有位飲食前輩跟我說，要看一間餐廳好與否，除了要看洗手間是否乾淨整潔，還要看伴菜是否做得好吃。伴菜也好吃，主菜應該沒問題了。

步驟
Steps

1. 將薯仔去皮，用切片器切約 2 毫米薄片
2. 灑上鹽和黑胡椒碎，並將部分新鮮豆蔻刨碎加入拌勻，醃 5 分鐘
3. 混合忌廉和全脂牛奶，加入鹽和黑胡椒碎，將餘下的新鮮豆蔻刨碎加入拌勻成忌廉汁（A）
4. 將蒜頭頂部切走並擦拭焗盤（B）
5. 掃上放置室溫的無鹽牛油
6. 將薯仔薄片隔水，整齊堆疊並一層層鋪於焗盤上（C）
7. 逐少把忌廉汁倒進（D）
8. 放入 150 度焗爐焗 90 分鐘，完成

檸檬蛋糕
Lemon Cake

無鹽牛油 Unsalted Butter	230g
中筋麵粉 AP Flour	275g
泡打粉 Baking Powder	25g
鹽 Salt	3g
中型雞蛋 Medium Sized Eggs	5pcs
白砂糖 Granulated Sugar	200g+50g
全脂牛奶 Whole Milk	60ml
檸檬皮和檸檬汁 Lemon Juice and Zest	2.5pcs

檸檬蛋糕
Lemon Cake

　　自從有了小朋友之後，發現自己多了將「No」這字掛在嘴邊－常常都不容許小朋友做這做那。小朋友被「No」不開心，其實父母說得多也納悶。所以我嘗試對小朋友多點「Say Yes」，但就同樣得到保護他們的效果，而我就從食開始：在我控制到的「邪惡食品」當中得到歡樂－食得開心，煮得放心，一舉兩得。

步驟
Steps

01. 倒進少量油，把牛油紙鋪於焗盤上按實，掃上少量放置室溫的無鹽牛油
02. 混合中筋麵粉、泡打粉和鹽
03. 把檸檬刨皮加入拌勻成乾材料備用（A）
04. 將餘下大部分放置室溫的無鹽牛油和白砂糖用電動打蛋器拌勻
05. 加入中型雞蛋發成蛋漿，逐隻加入並用電動打蛋器拌勻（B）
06. 加入全脂牛奶繼續拌勻成濕材料
07. 將乾材料逐少加入至濕材料，用電動打蛋器拌勻成麵團（C）
08. 把麵團倒進焗盤並按至表面平滑，放入已預熱 165 度焗 30-40 分鐘成檸檬蛋糕（D）
09. 將已削皮的檸檬榨成檸檬汁，加入白砂糖拌勻至溶掉，成糖漿
10. 利用牙籤戳於檸檬蛋糕，確保裡面乾身，倒進糖漿後放涼 10 分鐘，完成

香脆朱古力曲奇
Crispy Chocolate Cookie

中筋麵粉 AP Flour	220g
鹽 Salt	10g
梳打粉 Baking Soda	0.75tsp
無鹽牛油 Unsalted Butter	200g
啡糖 Brown Sugar	90g
白砂糖 Granulated Sugar	115g
粟米糖漿 Corn Syrup	2tbsp
雲呢拿精華 Vanilla Extract	1tbsp
牛奶 Milk	2tbsp
黑朱古力粒 Dark Chocolate Chips	100g

香脆朱古力曲奇
Crispy Chocolate Cookie

　　我很喜歡吃曲奇。原因有二。一：曲奇給我的感覺很愉悅，吃後好像安撫了我說「世界還有幸福美滿的事啊！」。二：可能因為小時候，媽媽不准我吃，大了沒人管，吃過夠。可惜在外買到的曲奇，多半是又厚又軟熟，好吃，但不是我杯茶。我喜歡又薄又脆的，但又難買到，於是自己做吧。

**步驟
Steps**

01. 將中筋麵粉用隔篩隔至幼細，加入鹽和梳打粉拌勻備用
02. 用電動攪拌器將無鹽牛油、白砂糖、啡糖和粟米糖漿攪拌 3 分鐘（A）
03. 加入雲呢拿精華和牛奶拌勻
04. 先加入一半的中筋麵粉拌勻（B）
05. 一邊攪拌，一邊加入剩餘的中筋麵粉
06. 加入黑朱古力粒成麵團，冷藏至少 1 小時
07. 在焗盤掃上少量油，放上牛油紙，把冷藏好的麵團搓成圓球放上（C）
08. 放入 165 度焗爐焗 17 分鐘後放涼 5-8 分鐘，完成（D）

黑糖砵仔糕
Brown Sugar Pudding

罐頭紅豆 Canned Red Bean	30g
粉漿 Batter	
粘米粉 Rice Powder	70g
木薯粉 Tapioca Powder	30g
水 Water	100ml
糖水 Syrup	
黑糖 Sugar	70g
水 Water	200ml

黑糖硃仔糕
Brown Sugar Pudding

在香港售賣傳統小食的店舖，越來越少。原因有種種，其中當然因現代人口味變了。糖加粉再蒸的硃仔糕，可能味道太單一，敵不過現在味道無其不有的小食。不過簡單就是美，而我仍然愛吃硃仔糕。

步驟
Steps

01. 將罐頭紅豆隔水備用成紅豆蓉
02. 混合粘米粉和木薯粉，分次加入 100ml 水拌勻成粉漿（A）
03. 加入黑糖和 200ml 水於鍋中，開火煮滾成糖水（B）
04. 將糖水逐少倒入攪拌好的粉漿（C）
05. 水滾後將紅豆蓉放進蒸爐內的碗中
06. 將拌勻好的粉漿倒至七成滿（D）
07. 蒸 20 分鐘後放涼 30-45 分鐘成黑糖硃仔糕
08. 利用牙籤於黑糖硃仔糕與碗邊之間分割開，完成

自家製豬骨湯底餐蛋通
Luncheon Meat & Egg with Macaroni in Homemade Pork Stock

豬筒骨 Pig FemurBones	650g
豬脊骨 Pig Spine Bones	650g
洋蔥 Onion	0.5pc
水 Water	4L
通心粉 Macaroni	120–150g
雞蛋 Egg	1pc
厚切午餐肉 Thick Cut Spam	2 or 3pcs
鹽 Salt	3g

自家製豬骨湯底餐蛋通
Luncheon Meat & Egg with Macaroni in Homemade Pork Stock

有一次和太太在外吃早餐，我倆吃的是豬骨湯底通粉。吃到一半時，太太對我說：「這個湯底，你也應該煮到吧！」說完的她，又再施施然吃那碗通粉。咬着半片多士的我，回應了一吓：「嗯！」然後三小時後，家裡就多了一大煲香濃豬骨湯。這個小故事告訴你，成功男人背後，總有個會激（勵）你的女人。

步驟
Steps

01. 將豬筒骨和豬脊骨放入一鍋冷水後開火汆水
02. 去掉表面泡泡後關火
03. 撈起豬筒骨和豬脊骨後沖水，洗走碎骨（A）
04. 將豬筒骨、豬脊骨和切塊的洋蔥放入鍋中，加入水煮滾
05. 轉細火熬 2 小時成豬骨湯
06. 將豬骨湯隔渣，加入鹽調味後備用
07. 用油煎香午餐肉後撈起（B）
08. 煎香雞蛋至焦邊，放入預先煮好的通心粉（C）
09. 放入午餐肉
10. 淋上豬骨湯，完成（D）

洋蔥薯仔牛肉餅
Potato & Beef Patties

免治牛肉 Minced Beef	340g
薯仔 Potato	340g
洋蔥 Onion	1pc
日式麵包糠 Panko	50g
鹽 Salt	2tsp
白胡椒 White Pepper	0.25tsp
蒜粉 Garlic Powder	1tsp

洋蔥薯仔牛肉餅
Potato & Beef Patties

　　這個輕度邪惡的餸，是專門煮給我當年揀飲擇食的小朋友吃。他們不喜歡吃洋蔥、薯仔，那唯有左遮右掩，用牛肉餅做招徠，幸運地最終上枱後一件也不留。好味的秘訣，是加入了牛脂。當薯仔和洋蔥一起煎香時，吸收了牛脂，煎出有如快餐薯條的香味……現在想起也流口水。

步驟
Steps

01. 將洋蔥去皮刨碎（A）
02. 將薯仔去皮刨碎（B）
03. 混合洋蔥、薯仔和免治牛肉
04. 加入蒜粉、鹽、白胡椒和日式麵包糠拌勻
05. 搓成約 16-24 顆小圓球，冷藏至少 30 分鐘成肉餅（C）
06. 用油以中上火把肉餅按扁平，每邊煎 1 分鐘成焦啡色（D）
07. 蓋上鍋蓋以慢火焗 2-3 分鐘，完成

日式法國洋蔥湯
Miso French Onion Soup

洋蔥 Onion	750g
埃文達芝士 Emmental Cheese	80g
赤味噌 Red Miso	100g
百里香 Thyme	2 stalks
白麵包 White Bread	2pcs
黑胡椒碎 Ground Black Pepper	0.25tsp
水 Water	700ml
油 Oil	30ml

日式法國洋蔥湯
Miso French Onion Soup

　　洋蔥湯，是法國人宿醉後的最佳食物。濃郁的牛肉湯，配上焦糖洋蔥，加上一塊脆法包，然後舖滿溶溶的芝士……吃後重新振作，清醒上班。這款日式洋蔥湯用了味噌代替牛肉湯，烹調時間大減，亦比較健康……當然放多少芝士，就要看你有多邪惡了。

步驟
Steps

01. 將白麵包切粒
02. 將洋蔥切絲
03. 用油以中慢火烘香麵包粒至金黃，撈起（A）
04. 用油以中慢火炒香洋蔥 20-25 分鐘至啡色焦糖化（B）
05. 調至細火，將百里香的葉捏開加入炒勻（C）
06. 加入水後調高火候
07. 加入赤味噌拌勻（D）
08. 用黑胡椒碎調味並煮滾成洋蔥湯
09. 將洋蔥湯倒入容器，加入麵包粒和埃文達芝士
10. 放入已用上火預熱至 200 度的焗爐烤焗 3-4 分鐘，完成

中式牛柳
Sweet & Sour Beef Tenderloin

牛柳 Beef Tenderloin ·············· 400g
洋蔥 Onion ······················· 200g
梳打粉 Baking Soda ············· 0.5tsp
生抽 Light Soy Sauce ············· 2tsp
水 Water ······················· 2tbsp

甜酸糖漿 Sweet & Sour Syrup
白醋 White Vinegar ···············600ml
冰糖 Rock Sugar ················· 300g

甜酸汁 Sweet & Sour Sauce
甜酸糖漿 Sweet & Sour Syrup ······250ml
茄汁 Ketchup ···················· 2tbsp
喼汁 Worcestershire Sauce ···········1tsp
OK 汁 OK Sauce ················· 1tbsp

中式牛柳
Sweet & Sour Beef Tenderloin

　　一款很簡單的餸菜，不過當中做汁的調味料，會嚇怕一些健康之士。不過，嚇走了更好，我可以吃多一點。將冰糖、茄汁、OK 汁、喼汁等等各有獨特味道的醬料混合起來，搖身一變令人吃不停口的一道菜。好吃的，放馬過來！

步驟
Steps

01. 將洋蔥去掉根部，切成薄片
02. 將牛柳切半吋厚度的厚塊，用刀背輕輕拍鬆後再切半（A）
03. 加入梳打粉、生抽和水至牛柳醃 20-30 分鐘
04. 白鑊加入冰糖和白醋，開中火煮 20 分鐘成甜酸汁（B）
05. 只取 250ml 甜酸汁，加入茄汁、喼汁、OK 汁和鹽拌勻（C）
06. 用油以大火炒香牛柳，1 分鐘後反轉再煎 1 分鐘，撈起
07. 調至中火炒香洋蔥至半透明
08. 倒入甜酸汁以中慢火煮 3 分鐘至厚身（D）
09. 把牛柳回鑊煮 30 秒，完成

12 LEVEL 1

水牛城雞翼
Buffalo Wings

雞中翼 Chicken Wings	8–10pcs	蜜糖 Honey	1tbsp
煙燻 BBQ 醬 Smoked BBQ Sauce	80g	檸檬汁 Lemon Juice	1tsp
無鹽牛油 Unsalted Butter	100g	辣椒仔辣汁 Tabasco	2tsp
茄汁 Ketchup	60g	喼汁 Worcestershire Sauce	1tsp
蒜粉 Garlic Powder	0.5tsp	鹽 Salt	
洋蔥粉 Onion Powder	0.5tsp	黑胡椒 Black Pepper	

水牛城雞翼
Buffalo Wings

我是那些一邊吃煎炸食物，一邊飲五花茶，希望不會熱氣的人。又或者是一邊吃邪惡食品，一邊做多點運動，希望不會肥的人。而好明顯，我的希望和幻想，一一不能實現。這水牛城雞翼實在太好吃了！

步驟
Steps

01. 加入鹽和黑胡椒至雞中翼醃至少 10 分鐘
02. 白鑊加入無鹽牛油後開火，煮至完全溶掉（A）
03. 關火加入茄汁、煙燻 BBQ 醬、蒜粉、洋蔥粉和蜜糖
04. 加入檸檬汁（B）
05. 加入辣椒仔辣汁拌勻（C）
06. 再加入唥汁拌勻成水牛城醬
07. 用 190 度油溫將雞中翼炸 5 分鐘
08. 將炸好的雞中翼放涼 2 分鐘
09. 淋上部分水牛城醬（D）
10. 連同容器搖晃攪拌，分次倒入餘下的水牛城醬，完成

青檸撻
Lime Tart

撻底 Tart Crust

消化餅 Digestive Biscuits	140g
黑糖 Brown Sugar	60g
無鹽牛油 Unsalted Butter	80g
鹽 Salt	3g

撻餡 Tart Filling

雞蛋黃 Egg Yolks	80g (4pcs)
煉奶 Condensed Milk	350g
青檸汁 Lime Juice	25g（青檸 4 個）
檸檬汁 Lemon Juice	70g（檸檬 2 個）
塔塔粉 Cream of Tartar	3g
青檸皮碎 Lime Zest	

青檸撻
Lime Tart

　　最邪惡的食物，就是你吃的時候，不覺得它邪惡。這個青檸撻都算是一個完美示範。酸酸澀澀的味道，令你吃下去時不覺得很膩，亦會令你忘記材料中的牛油、糖、煉奶和雞蛋黃。最可怕這個撻很易製作，又很好吃。來，抗拒也是徒然，放入口吧。

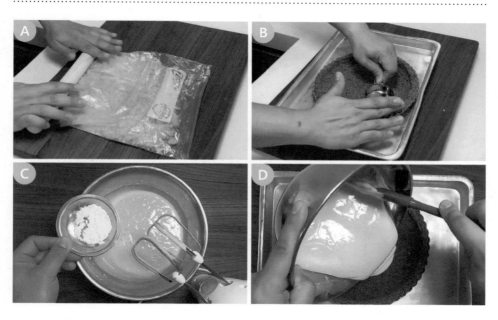

步驟
Steps

01. 將消化餅放入密實袋，擠出空氣後，用麵棍壓成粉末（A）
02. 加入黑糖、鹽和以煮溶的牛油用叉子拌勻
03. 放置容器壓平，放入已預熱 190 度的焗爐焗 8 至 10 分鐘成撻底，放涼後冷藏 1 小時（B）
04. 將青檸和檸檬榨成青檸汁和檸檬汁
05. 用電動攪拌器以高速打發蛋黃變淺色
06. 加入煉奶、青檸汁和塔塔粉（C）
07. 逐少倒入檸檬汁拌勻成檸檬餡
08. 將檸檬餡倒入雪藏好的撻底（D）
09. 將表面推至平滑，放入已預熱 160 度的焗爐焗 10 至 14 分鐘至不黏手
10. 放涼後冷藏 4 小時，刨上青檸皮碎，完成

芝士蒜蓉包
Cheesy Garlic Bread with Dip

法包 Baguette ·················· 0.5 – 1pc

室温無鹽牛油 Softened Unsalted Butter ······ 100g

全個蒜頭 Fresh Whole Garlic ·················· 6pcs

煙燻紅椒粉 Paprika ························· 1tsp

平葉番茜 Flat Leaf Parsley ·············· 4 stalks

鹽 Salt ····································· 2g

帕馬臣芝士 Parmesan Cheese ··················· 100g

橄欖油 Olive Oil

Bread Dip 麵包沾醬

法式酸忌廉 Crème Frâiche ··· 125g

蛋黃醬 Mayonnaise ·········· 60g

辣椒仔辣汁 Tabasco

芝士蒜蓉包
Cheesy Garlic Bread with Dip

　　我這個「芝士蒜蓉包」，應該稱之為「芝士蒜蓉牛油包」，因為牛油擔當的角色頗重要。當蒜頭和牛油結合後，不知為什麼是那樣美味、好吃，彷彿是上帝創造食物時的 secret recipe，不小心被人類發現。

步驟
Steps

01. 將全個蒜頭橫切，放入鬆餅焗盤後，加入鹽和橄欖油（A）
02. 用錫紙覆蓋，放入已預熱 200 度的焗爐焗 30-40 分鐘後放涼，焗爐則維持 200 度待用
03. 將蛋黃醬倒入法式酸忌廉，加入鹽和辣椒仔辣汁拌勻，封保鮮紙冷藏成麵包沾醬
04. 將焗好的蒜頭擠出蒜蓉
05. 將平葉番茜只撕開番茜葉，然後切碎
06. 倒入一半平葉番茜與蒜蓉混合，加入已放置室溫的無鹽牛油、煙燻紅椒粉和鹽，然後壓爛拌勻成醬汁（B）
07. 將法包切半後，再橫切，加入醬汁壓平於法包表面（C）
08. 灑上帕馬臣芝士（D）
09. 放入已預熱 200 度的焗爐焗 8-10 分鐘至芝士溶化
10. 灑上剩餘的平葉番茜，連同麵包沾醬上碟，完成

日式味噌芝士意粉
Miso Cheese Spaghetti

意粉 Spaghetti ·· 350g
無鹽牛油 Unsalted Butter ·························· 70g
白味噌 White Miso ······························· 90g
帕馬臣芝士碎 Grated Parmesan Cheese ········· 80g
意粉水 Pasta Water······························ 300ml
日式紫菜條 Nori

日式味噌芝士意粉
Miso Cheese Spaghetti

　　味噌，係日本飲食文化中不可缺少的食材之一。由豆、米或小麥，透過發酵製作出來的醬料。而芝士，由奶類製成，同樣有發酵的過程，得出來的結果，我也嘗過很多遍了。兩種發酵的食物走在一起，再度發生令人垂涎欲滴的新效果。

步驟
Steps

01. 把意粉放入預先加入鹽的水煮熟，烹煮時間根據包裝的時間，再減掉 2 分鐘
02. 取出 300 毫升的意粉水，隔走其餘的意粉水（A）
03. 用無鹽牛油炒香白味噌
04. 逐少加入部分意粉水（B）
05. 倒入意粉（C）
06. 調至細火，灑上帕馬臣芝士碎（D）
07. 把意粉弄散，上碟時撒上日式紫菜條，完成

牛肉餅
Pan-Fried Beef Buns

麵團 Bun Dough

高筋麵粉 Bread Flour	105g
低筋麵粉 Cake Flour	105g
水 Water	120g
鹽 Salt	2g
免治牛肉 Minced Beef	200g

牛肉餡醃料 Beef Filling Marinade

薑蓉 Minced Ginger	10g
蒜蓉 Minced Garlic	15g
乾蔥蓉 Minced Shallots	40g
葱花 Green Scallions	30g
孜然粉 Cumin Powder	2g

牛肉餅
Pan-Fried Beef Buns

從前在廣播道上班，很多時下午飯都會去那間賣清真食品的餐廳食牛肉餅。不過，除了牛肉餅，那裡的咖喱也十分出色，尤其羊肉咖喱，那輕輕的羶香，很合我口味。通常一坐下，馬上來一個牛肉餅，先舒解一下食癮，然後咖喱配白飯。最後先再點多一個牛肉餅 - 不用開始點兩個，怕有一個涼了。當最後一啖完美下肚子，就是期待下次再吃的時候了。

步驟
Steps

01. 將高筋麵粉和低筋麵粉用隔篩隔至幼細，與鹽一併混合
02. 分次加入水拌勻成麵團 2-3 分鐘，塗上油後把保鮮紙蓋頂，放涼 15 分鐘（A）
03. 用油以中火炒香切碎的乾蔥、蔥花、薑蓉、蒜蓉和孜然粉
04. 再加入少量油炒香免治牛肉拌勻，加入白胡椒粉、白砂糖和紹興酒，煮至酒味揮發
05. 加入生抽和雞湯
06. 煮滾後逐少加入預先與水混合的木薯粉芡汁
07. 關火後淋上芝麻油成牛肉餡，撈起鋪於容器上放涼
08. 將油塗滿木砧板，用手把麵團搓成條狀，分成 20g 圓球，把沾上油的麵棍將圓球搓成長條形（B）
09. 把一茶匙份量的牛肉餡放在末端，由下至上打斜包三個三角形，然後打直包到最上面（C）
10. 打直後稍為按扁成牛肉餅，用中火炸至兩邊金黃色，完成（D）

牛肉餡汁 Beef Filling Sauce

紹興酒 Xiao Xing Wine ···················· 15g
生抽 Light Soy Sauce ······················· 30g
白砂糖 Granulated Sugar ···················8g
雞湯 Chicken stock ·························150g
白胡椒粉 White Pepper Powder ······ 0.25tsp
芝麻油 Sesame Oil ···························5g

芡汁 Slurry

木薯粉 Tapioca Starch ···········10g
水 Water ······························· 8g

法式草莓布丁蛋糕
Berries Clafoutis

士多啤梨 Strawberries	200g	雲呢拿精華 Vanilla Extract	10g
藍莓 Blueberries	100g	雞蛋 Eggs	3pcs
全脂牛奶 Whole Milk	170g	中筋麵粉 AP Flour	85g
忌廉 Cream	105g	鹽 Salt	a pinch
白砂糖 Granulated Sugar	105g	糖粉 Icing Sugar	

法式草莓布丁蛋糕
Berries Clafoutis

　　是布丁還是蛋糕？到現在還有很多法國人在爭議中。為什麼？因為它質地似布丁，但材料似蛋糕。這個南法傳統甜品，常用餡料是浸過酒的車厘子，但我覺得用生果比較方便，不過就比不上傳統做法那麼甜。

步驟
Steps

01. 將士多啤梨去蒂後切成四塊
02. 將雞蛋打成蛋漿，加入白砂糖，用電動攪拌器攪拌 1 分鐘
03. 加入雲呢拿精華和鹽拌勻
04. 分次將中筋麵粉用隔篩隔至幼細加入（A）
05. 加入全脂牛奶和忌廉成粉漿（B）
06. 將少量士多啤梨和藍莓鋪於容器底部
07. 倒入粉漿後把剩餘的士多啤梨和藍莓鋪於面（C）
08. 放入已預熱 175 度的焗爐焗 35 至 40 分鐘
09. 灑上已隔篩的糖粉，完成（D）

蘋果金寶
Apple Crumble

無鹽牛油 Unsalted Butter	150g	青蘋果 Granny Smiths Apple	2pcs
多用途麵粉 AP Flour	170g	Royal Galas 加拿蘋果	2pcs
黑蔗糖 Muscovado Sugar	180g	鹽 Salt	1tsp
黑糖 Brown Sugar	80g	玉桂粉 Cinnamon Powder	1tsp
原片大燕麥 Rolled Oats	60g	檸檬汁 Juice of a Lemon	0.5pc
合桃 Walnut	60g		

蘋果金寶
Apple Crumble

　　這個甜品最適合在秋天吃，因為秋天的蘋果最甜最多汁，但說真的，在大城市，隨時隨地都能從世界各地吃好味的蘋果，「不時不食」是否已變成諷刺的說話？話說回頭，吃這蘋果甘寶，是不甜不吃，如你覺得太甜，那就不如不吃，況且，我有一半是為了吃那球雪糕。

步驟
Steps

01. 將無鹽牛油切塊
02. 將合桃切碎
03. 將中筋麵粉用隔篩隔至幼細，加入鹽和黑蔗糖拌勻（A）
04. 加入九成的無鹽牛油後用手搓勻
05. 加入合桃和原片大燕麥成麵團，冷藏備用（B）
06. 將剩餘的無鹽牛油塗滿焗盤
07. 將青蘋果和加拿蘋果去芯去核後削皮，然後切成蘋果片
08. 加入檸檬汁、黑糖和玉桂粉，連同容器搖晃拌勻
09. 將蘋果片連同醬汁鋪於焗盤（C）
10. 將麵團捏碎鋪面，以覆蓋蘋果片，放入已預熱175度的焗爐焗50至60分鐘至金黃，完成（D）

牛肉丼
Gyudon

薄切牛肉 Thin Sliced Beef ··········· 165g

洋蔥 Onion ···································· 70g

生抽 Light Soy Sauce ················· 30ml

白砂糖 Granulated Sugar ············· 25g

高湯湯粉 Dashi Powder ··············· 1tsp

味醂 Mirin ································· 30ml

白飯 Cooked White Rice ··········· 300g

滾水 Boiling Water ···················· 900ml

室溫水 Room Temp Water ··········· 250ml

蔥 Spring Union

薑蓉 Ginger and Scallion Sauce

溫泉蛋 Onsen Eggs

牛肉丼
Gyudon

我第一次去日本時，慕名去某連鎖店吃牛肉飯。我是從來沒有去過牛肉飯專門店，而當年覺得很好味又抵吃。當年朋友說一日三餐都可以食牛肉飯，因為又平，某連鎖店的味噌湯還是任飲，加上是 24 小時營業，玩到任何時候都能填肚，真是方便。

步驟
Steps

01. 將室溫水加入至滾水，把雞蛋放入浸透 15 分鐘
02. 撈起放置溫水或冰水成溫泉蛋備用（A）
03. 將洋蔥切成條，並將蔥切成蔥花
04. 將牛肉切薄片
05. 將生抽、白砂糖、味醂、高湯湯粉加入鍋中後，開火拌勻
06. 煮滾後加入洋蔥和薑蓉，調至細火煮至厚身（B）
07. 加入牛肉後調高火候（C）
08. 上碟倒入白飯，淋上醬汁
09. 加入溫泉蛋和蔥花，完成（D）

茄子肉卷
Eggplant & Pork Roll

茄子 Eggplant	⋯⋯	280g（1pc）
免治豬肉 Minced Pork	⋯⋯	280g
蔥花 Green Scallions	⋯⋯	10g+10g

豬肉醃料 Minced Pork Marinade

生抽 Light Soy Sauce	10g	白砂糖 Granulated Sugar	8g
鹽 Salt	3g	薑蓉 Minced Ginger	3g
白胡椒粉 White Pepper Powder	0.5tsp	木薯粉 Tapioca Starch	60-80g
雞粉 Chicken Powder	0.5tsp		

茄子肉卷
Eggplant & Pork Roll

就這樣看，「茄子肉卷」不是很邪惡吧？殺傷力不大呢！不要小看茄子，我稱它為蔬菜界的超級海綿。有汁吸汁，有油吸油，但奈何茄子又真的要煎要炸才最好吃。你試整一次就會明白了。

**步驟
Steps**

01. 加入鹽、白砂糖、白胡椒粉、雞粉、生抽和薑蓉至免治豬肉
02. 加入一半蔥花，封保鮮紙冷藏醃肉
03. 將茄子頭尾部分去掉，刨成片狀，打橫切薄（A）
04. 將免治豬肉鋪於茄子上面（B）
05. 捲成茄子肉卷（C）
06. 沾上木薯粉
07. 將茄子肉卷的開口位置朝下放進鑊中（D）
08. 以中慢火煎 5-8 分鐘，把餘下的蔥花灑於面，完成

LEVEL 2

好味，
自然要付出代價！

升呢

密密煮，
歡迎遊走
天堂與地獄之間…

韓式炸椰菜花
Korean Fried Cauliflower

椰菜花 Cauliflower	150g	貢梨 Chinese Pear	150g
生抽 Soya Sauce	30ml	甜醬油 Kecap Manis	5ml
味醂 Mirin	20ml	是拉差辣椒 Sriracha	1tsp
蘋果醋 Apple Cider Vinegar	10ml	韓國辣椒醬 Gochujang	55g
麻油 Sesame Oil	10ml	蜜糖 Honey	50g
蒜蓉 Minced Garlic	15g	粘米粉漿 Rice Flour Batter	100ml
薑蓉 Ginger	5g	粘米粉 Rice Flour	120g
紅糖 Brown Sugar	40g	暖水 Warm Water	200ml

韓式炸椰菜花
Korean Fried Cauliflower

　　如何將很健康的椰菜花，變得很邪惡呢？炸完再沾醬就行了。你可和自己說：「我也吃了菜啊！」說畢，是否也覺得沒有那麼內疚？是否覺得再吃三、四、五、六塊也沒什麼特別了？

步驟 Steps

01. 加入生抽、味醂、蘋果醋、麻油、蒜蓉、薑蓉、黑糖、貢梨、甜醬油、是拉差辣椒、韓國辣椒醬和蜜糖於攪拌器，均勻攪拌成醬汁（A）
02. 把醬汁放入玻璃樽，擺放雪櫃冷藏（醬汁可儲存五日）
03. 椰菜花則加入 0.5 茶匙鹽、黑胡椒碎、4 茶匙粘米粉和泡打粉拌勻
04. 將 120g 粘米粉、3g 鹽和暖水混合成粘米粉漿，只取一半份量，倒進椰菜花拌勻（B）
05. 將油加熱至 175 度，把椰菜花炸至淺金黃色，並輕輕攪動避免黏在一起（C）
06. 把冷藏好的醬汁煮至微滾，放入已炸好的椰菜花煮至掛汁（D）
07. 撒上青檸皮碎、烤香的芝麻和預先切好的蔥花，完成

鹽 Salt	3g
粘米粉 Rice Flour	4tsp
泡打粉 Baking Powder	0.5tsp
鹽 Salt	0.5 tsp
黑胡椒碎 Black Pepper	0.25tsp
青檸皮碎 Lime Zest	1tsp
芝麻 Sesame	1tsp
蔥 Green Onion	1tbsp

黑椒汁雞扒飯
Fried Chicken in Hong Kong Style Peppercorn Sauce with Rice

有皮雞扒 Chicken Thigh With Skin ... 280–300g

黑胡椒碎 CrushedBlack Pepper ·············· 3g

蒜蓉 Minced Garlic ···························· 30g

乾蔥蓉 Minced Shallots ····················70g

茄膏 Tomato Paste ························· 20g

雞湯 Chicken Stock······················ 250ml

中筋麵粉 AP Flour ····················· 10g

無鹽牛油 Unsalted Butter ·············· 10g

老抽 Dark Soy Sauce ···················· 15g

生抽 Light Soy Sauce ···················· 15g

喼汁 Worcestershire Sauce ········· 0.5tsp

白砂糖 Granulated Sugar ··············· 20g

黑椒汁雞扒飯
Fried Chicken in Hong Kong Style Peppercorn Sauce with Rice

　　茶餐廳首本名菜，兒時常吃的碟頭飯，在家中其實很容易也做得到。用牛油加麵粉開成的黑椒汁，加上煎至皮脆肉嫩的雞扒，配上白飯，現在想起來也很想吃。但在家中吃比在餐廳吃更邪惡，因為去餐廳你還要用腳行路去……

步驟 Steps

01. 將有皮雞扒較厚身的位置橫切攤開，然後切半
02. 加入白砂糖、生抽和預先與水混合的木薯粉，封保鮮紙冷藏醃 20 分鐘（A）
03. 將乾蔥和蒜頭切成蓉
04. 用油以中火爆香乾蔥蓉至半透明
05. 加入無鹽牛油和中筋麵粉拌成麵撈（B）
06. 調至細火後加入茄膏、蒜蓉、雞湯、白砂糖、生抽、老抽和喼汁
07. 加入黑胡椒碎後調至中火（C）
08. 滾起後調至細火熬 3 分鐘，撈起放置保溫杯
09. 將有皮雞扒皮朝下加入放進油的鍋中，以中慢火煎 5 分鐘（D）
10. 然後翻面煎 3 分鐘，完成

醃雞調味 Chicken Marinade

生抽 Light Soy Sauce	12g
白砂糖 Granulated Sugar	3g
木薯粉 Tapioca Starch	3g
水 Water	10g

粟米石斑飯
Deep Fried Garoupa with White Sauce and Corn

石斑塊 Fish (Garoupa)	135g
粟米粒 Corn Kernel	50g
多用途麵粉 AP Flour	20g
無鹽牛油 Unsalted Butter	20g
凍雞湯 Chicken Stock	250ml
鹽 Salt	a pinch

粟米石斑飯
Deep Fried Garoupa with White Sauce and Corn

如果我去餐廳吃飯，當下決定不到吃甚麼，那粟米石班飯一定是我最終選擇。因為炸魚很好吃，白汁感覺不太油膩，而作為一個嘴巴很懶惰的人來說，這碟頭飯近乎不用咬就可以推入個胃，還有，有藉口放很多唅汁。回想這碟頭應是頭號選擇才對！

步驟
Steps

01. 將粘米粉、多用途麵粉、粟粉、泡打粉、鹽、蒜粉、洋蔥粉、白胡椒粉和雞粉，用叉拌勻

02. 慢慢加凍水拌勻至沒有粉粒，成炸漿（A）

03. 將石斑塊魚皮向下，將刀以 30 度角由魚皮切入把魚皮切除，把魚柳切成塊狀（B）

04. 將魚柳沾上炸漿，期間輕微攪動避免黏在一起，炸 3-4 分鐘後撈起放涼（C）

05. 慢火煮溶無鹽牛油，牛油起泡時加入多用途麵粉，期間需要保持攪拌 1 分鐘

06. 炒至麵粉味消失，加入凍雞湯用打蛋器一直攪拌至沒有粉粒，加入鹽和粟米粒拌勻（D）

07. 將炸石斑塊擺放飯上，淋上粟米白汁，擺放焗爐用上火以 220 度焗 5 分鐘，完成

炸漿 The Batter

粘米粉 Rice Flour	20g
多用途麵粉 AP Flour	30g
粟粉 Cornstarch	50g
泡打粉 Baking Powder	10g
鹽 Salt	0.5tsp
蒜粉 Garlic Powder	0.5 tsp
洋蔥粉 Onion Powder	0.5tsp
雞粉 Chicken Powder	0.5tsp
白胡椒粉 White Pepper Powder	0.25tsp
凍水 Cold Water	250ml

紅酒紫薯炆牛面頰
Beef Cheeks Braised In Red Wine with Purple Yams

紅洋蔥 Red Onion	1pc	水 Water	200ml
薑粒 Minced Ginger	10g	多用途麵粉 AP flour	10g
乾蔥 Shallots	80g	無鹽牛油 Unsalted Butter	10g
紫薯 Purple Yam	250g	鹽 Salt	0.5tsp
紅蘿蔔 Carrot	150g	啡糖 Brown Sugar	0.5tsp
牛面頰 Beef Cheek	560g	老抽 Dark Soy Sauce	2tbsp
紅酒 Red Wine (Shiraz)	250ml	鷹粟粉 Corn Starch	1tbsp
雞湯 Chicken Stock	200ml		

紅酒紫薯炆牛面頰
Beef Cheeks Braised In Red Wine with Purple Yams

很多年前，我第一次吃牛面頰，是十分有驚喜。因為看上去不知道原來肉質軟硬適中，而且還有膠質，吃上有點軟糯，一吃便愛上。我發現濃厚味道最能突顯牛面頰的肉質，大家不妨試試，不過都要看看閣下的運氣，面頰只兩邊，再大也只能分四份，只望你不是第五位顧客去買吧！

步驟
Steps

01. 於牛面頰加入老抽和鷹粟粉醃 20 分鐘拌勻備用（A）
02. 將紅洋蔥和薑切粒，紅蘿蔔切塊，紫薯則刨皮切塊（B）
03. 將乾蔥去衣去皮及把頭尾部分切掉
04. 於鍋中加入菜油，加入牛面頰並把兩面煎香至能夠翻面
05. 保留煎香牛面頰的油份，加入菜油，炒香紅洋蔥和薑粒，把紅洋蔥炒至半透明
06. 加入無鹽牛油和多用途麵粉，期間不停攪拌後倒進紅酒（C）
07. 調至細火，加入紫薯、紅蘿蔔、原粒乾蔥和雞湯
08. 醬汁煮滾後把牛面頰加入翻煮，用鹽和啡糖調味
09. 把水倒進，修剪與鍋子相同尺寸的牛油紙覆蓋表面，用中慢火煮 1 小時
10. 將炆煮好的牛面頰切塊，放回鍋中蓋上鍋蓋放涼 20 分鐘，完成（D）

烘芝士三文治
Grilled cheese Sandwich

White Bread 白麵包 2pcs
Mozzarella Cheese 水牛芝士 80g
Unsalted French Butter 無鹽法國牛油 20g

烘芝士三文治
Grilled cheese Sandwich

　　芝士三文治，由細到大吃得多了，而烘底的芝士三文治，都是要有額外零用錢才會吃，因為 烘底要加錢。而我最喜歡吃，就是烘底芝士三文治。因為脆脆的麵包，一咬下去，吃到溶溶的芝士，這個感覺真是一咬就愛上。 當年我還以為沒有任何方法可以再將烘底芝士三文治昇華，誰不知我在加拿大讀書的時候，在同學介紹之下，吃了一份 Grilled Cheese Sandwich……天啊！ 原來將牛油塗在麵包上，再在平底鑊一煎， 麵包會變得更香、更脆，當然更好吃！

　　現在舌頭已回不了頭，可惡的加拿大同學……

**步驟
Steps**

01. 將四片牛油各自放在兩片麵包上
02. 把有牛油那邊的麵包，放在煎鍋內（A）
03. 然後放上水牛芝士（B）
04. 把另一片麵包，放上芝士上（C）
05. 把兩片麵包輕輕壓 一壓（D）
06. 當麵包煎成金黃色，完成

沙嗲牛肉粉絲煲
Satay Beef and Vermicelli Pot

牛肉 Beef	300g
粉絲 Vermicelli	100g
花生 Peanuts	10g

牛肉醃料 Beef Marinade

老抽 Dark Soy Sauce	5ml
生抽 Light Soy Sauce	5ml
白砂糖 Granulated Sugar	0.5tsp
油 Oil	5ml

沙嗲牛肉粉絲煲
Satay Beef and Vermicelli Pot

花生是沙嗲汁的主要材料，而我曾經詢問營養師，一個平衡的飲食餐單，每人每日最多吃 10 粒花生，因為花生熱量高，吃得多卡路里容易超標。然而，一個美味的沙嗲醬，至少要有 200 克花生，才叫像樣。可想而知，這沙嗲牛肉粉絲煲是多麼邪惡但又好吃？

步驟 Steps

01. 將粉絲浸水，並將生抽、老抽和少許糖加入到牛肉拌勻，加少許油（A）
02. 用攪拌機打碎大部分花生和乾蝦仔
03. 把乾蔥、蒜頭和薑切碎後用攪拌機打成蓉（B）
04. 熱鍋加入油，把搗爛的蒜蓉、薑和乾蔥以中慢火炒香，加入乾蝦仔炒至散發蝦香味及乾身（C）
05. 依次放入五香粉、薑黃粉、花生碎、豆蔻粉、咖喱醬和椰奶，分次將水倒入，慢慢拌勻
06. 加入椰糖、花生醬、芝麻醬和甜醬油再慢慢拌勻，調至細火把沙嗲醬慢煮15-20 分鐘（D）
07. 依個人喜好加入鹽調味，調至大火，倒走浸粉絲的水，把泡軟的粉絲和牛肉加至沙嗲醬，蓋上鍋蓋煮 1-2 分鐘
08. 撒上餘下的花生碎，完成

沙嗲汁材料 Satay Sauce

油 Oil	30ml	幼滑花生醬 Smooth Peanut Butter	70g
乾蔥 Shallots	200g	芝麻醬 Sesame Sauce	30g
蒜頭 Garlic	30g	五香粉 Five Spice Powder	0.5 tsp
薑 Ginger	10g	薑黃粉 Turmeric Powder	1tsp
花生 Peanuts	50g	豆蔻粉 Nutmeg Powder	0.25tsp
椰奶 Coconut Milk	165ml	甜醬油 Kecap Manis	10g
乾蝦仔 Dried Shrimps	30g	咖喱醬 Curry Paste	1tsp
椰糖 Coconut Sugar	50g	水 Water	650ml

冬菇栗子炆豬手
Braised Pig Trotter with Shiitake Mushrooms and Chestnuts

豬手 Pig Trotters	1350g	薑 Ginger	40g
栗子 Chestnuts	240g	乾葱 Shallots	50g
冬菇 Dried Shiitake Mushrooms	10pcs	月桂葉 Bay Leafs	3pcs
冰糖 Rock Sugar	80g	蒜頭 Garlic	20g
肉桂條 Cinnamon Stick	1pc	水 Water	1000ml
生抽 Light Soy Sauce	40ml	雞湯 Chicken Stock	250ml

冬菇栗子炆豬手
Braised Pig Trotter with Shiitake Mushrooms and Chestnuts

你懂得分辨豬手和豬腳嗎？豬手比較粗壯，肉多骨細，而豬腳就比豬手長。下次到街市可考考自己能否分別兩者。豬手蛋白質豐富，骨膠原雖然沒像豬腳那麼多，但羶味就較豬腳少。究竟煮豬手還是豬腳好？不用選，兩樣都煮！

步驟
Steps

01. 預先把豬手清洗乾淨後用冷水汆水，加入薑片後開火，汆水10-15 分鐘至泡泡浮面（A）
02. 另一邊水滾後加入栗子，焓 2-3 分鐘後關火，撈起栗子放在攤平的毛巾邊搓邊剝皮，或者用刀剝皮（B）
03. 把預先浸透的冬菇用剪刀去掉冬菇蒂（C）
04. 然後把預先浸水的陳皮，用湯匙刮走囊
05. 把汆水完畢的豬手撈起沖水，去掉碎骨
06. 於鍋中加入油、薑、乾蔥、月桂葉、肉桂條和蒜頭爆香至散發香味，調至細火，隔走剛剛爆香的香料
07. 加入冰糖及少許水，用中慢火煮 3-4 分鐘至冰糖溶掉及起泡，立即把豬手加入拌勻以沾上糖漿（D）
08. 倒進生抽，重新把隔走的薑、乾蔥、月桂葉、肉桂條和蒜頭加入，再加入陳皮、雞湯和餘下的水，滾起後調至中慢火煮半小時
09. 半小時後加入冬菇和栗子，蓋上鍋蓋炆 45 分鐘後關火，繼續蓋上鍋蓋焗 30 分鐘，完成

超足料蘿蔔糕
Chunky Chinese White Turnip Cake

白蘿蔔 White Turnip 4600g

水 Water.. 600ml

臘腸 Cured Chinese Sausage............180g

膶腸 Cured Chinese Liver Sausage........100g

蝦米 Dried Shrimp..............................100g

乾冬菇 Dried shiitake mushrooms.......... 60g

臘肉 Cured Chinese Pork Belly........280g

粘米粉 Rice Flour 600g

澄麵粉 Wheat Flour............................. 60g

雞湯 Chicken Stock 1000g

鹽 Salt... 20g

白胡椒粉 Ground White Pepper 8g

白砂糖 Granulated Sugar 80g

葱花 Green Scallion

超足料蘿蔔糕
Chunky Chinese White Turnip Cake

　　因為一年才放肆地吃的蘿蔔糕，好像要把整年吃臘腸、臘肉等等的配額，在短短的農曆假期內收歸肚內。曾幾何時，我也身體力行支持以上的想法，兩日內自己吃了四底蘿蔔糕。自此以後……我仍然很愛吃蘿蔔糕。

步驟
Steps

01. 將臘腸、膶腸和臘肉用清水沖洗乾淨後封保鮮紙，蒸 20-25 分鐘後放涼
02. 將白蘿蔔頭部切走刨兩層皮，切片後再切條（A）
03. 白鑊倒入白蘿蔔，加入鹽、白砂糖、白胡椒粉和水拌勻後，用中慢火煮至半透明，期間不時攪拌，關火放涼
04. 混合粘米粉和澄麵，加入雞湯拌勻成粉漿（B）
05. 把臘肉頂層的皮切走後切粒，將臘腸和膶腸切半後打直再切半，然後切粒
06. 於鍋中加少許油，炒香臘肉、臘腸和膶腸（C）
07. 加入預先浸水弄乾切碎的蝦米和切粒的乾冬菇，撈起用保鮮紙封實
08. 白蘿蔔放涼後，將臘肉、臘腸、膶腸、冬菇和蝦米回鑊加入，倒進粉漿與白蘿蔔一同拌勻（D）
09. 把所有材料撈起放進長方形盒，用保鮮紙封實，以中火蒸 1 小時
10. 把蘿蔔糕放涼後撒上蔥花切塊，把兩面煎香，完成

排骨酥
Deep Fried Ribs

排骨酥 Deep Fried Ribs

排骨 Pork Spare Ribs 1000g

地瓜粉 Sweet Potato Starch 200–220g

排骨醃料 Spare Ribs Marinade

生抽 Light Soy Sauce 30g

白砂糖 Granulated Sugar 45g

紹興酒 Xiao Xing Wine 15g

五香粉 Five Spice Powder 5g

白胡椒粉 Ground White Pepper.....0.25tsp

蒜蓉 Minced Garlic 20g

排骨酥
Deep Fried Ribs

　　所有用油炸的食物都很好吃，但怎樣也不及炸豬肉，可能由細吃大吧！不過那豬油香真的沒其他肉能及，而炸排骨是特別好吃，全因有骨。因為骨頭不受熱，而油炸的時候，骨頭附近的肉，就能夠保持水份，到你吃的時候會十分juicy，不妨一試。

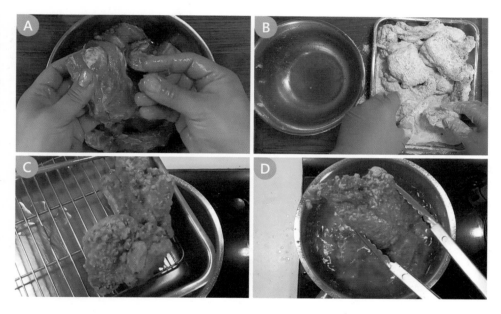

步驟 Steps

01. 以白砂糖、五香粉、白胡椒粉、紹興酒、生抽和蒜蓉塗抹排骨（A）
02. 把排骨放進雪櫃醃 1.5-2 小時
03. 把冷藏醃好的排骨放回室溫半小時
04. 然後把排骨沾滿地瓜粉（B）
05. 預熱一鍋油，起泡時分次加入排骨，用中火炸至金黃色後撈起放涼（C）
06. 待油溫回升，繼續把餘下的排骨炸至金黃色，完成（D）

芝士麻糬波波
Cheese Mochi Balls

高筋麵粉 Bread Flour	10g	全脂牛奶 Whole Milk	110g
木薯粉 Tapioca Starch	40g	無鹽牛油 Unsalted Butter	70g
糯米粉 Glutinous Rice Powder	100g	雞蛋液 Egg Wash	40–45g
糖 Granulated Sugar	20g	埃文達芝士 Emmental Cheese	45g
鹽 Salt	2g		

芝士麻糬波波
Cheese Mochi Balls

當我年紀還小的時候，媽媽很喜歡買麻薯波波給妹妹和我吃。我最喜吃煙煙韌韌的食物，而麻薯波波是繼糯米糍後，最愛的小吃之一。因為這些麻薯波波是以四的倍數出售，所以阿媽常常買 12 粒，原本她也想吃，但回家後很快便被妹妹和我一掃而空。現在自己會焗，吃多多也可以。

**步驟
Steps**

01. 混和高筋麵粉、木薯粉和糯米粉，用隔篩篩至幼細，加入糖和鹽拌勻成麵粉混合物（A）
02. 將牛油切粒，加入全脂牛奶，以中慢火或細火煮溶牛油
03. 加入麵粉混合物，用木勺拌勻，關火拌成麵團後放涼（B）
04. 打發雞蛋液，逐少加至麵團拌勻
05. 加入埃文達芝士碎繼續拌勻
06. 將擠嘴放進擠袋裏捲起，用膠刮刀把麵團放進擠袋（C）
07. 把擠袋平放，向擠嘴方向輕拍把麵糊推前
08. 將麵團擠在矽膠墊或牛油紙上成小圓球（D）
09. 用抹刀沾水修整麵團表面
10. 放進已預熱至 200 度的焗爐焗 12 分鐘，完成

港式咖喱角
HK Style Samosa

春卷皮 Spring Rolls Sheets	24 pcs	白砂糖 Granulated Sugar 8g
薯仔 Potato	450g	鹽 Salt 2g
洋蔥 Onion	320g	中筋麵粉 AP Flour 45g
咖哩醬 Curry Paste	6–10g	水 Water 50–60g
蒜蓉 Minced Garlic	15g	無鹽牛油 Unsalted Butter
薑黃粉 Turmeric	2g (0.5tsp)	**Optional :**
印度綜合香料 Garam Masala	2g (0.5tsp)	雪藏青豆 Frozen Peas 40–45g

港式咖喱角
HK Style Samosa

以前參加學校派對、教會聚會，每當有小吃的時候，往往會出現菠蘿腸仔和咖喱角。但近這十幾年，似乎已不再看到這兩款經典小食。咖喱角餡料不難煮，而且還是齋，唯一麻煩點的，要炸。但炸出來是多麼香、多麼脆，看到一定忍不住要咬下去……還等？開爐炸吧！

步驟
Steps

01. 預先將薯仔刨皮，預備一鍋水，將薯仔凍水下鍋，加入少許鹽焓 25-30 分鐘
02. 將洋蔥去蒂切粒，用無鹽牛油以中火炒洋蔥 8 分鐘至啡色
03. 加入咖喱醬、薑黃粉、印度綜合香料和 2g 鹽爆香，調至細火後加入蒜蓉（A）
04. 依個人喜好加入雪藏青豆成餡料，撈起放涼
05. 加入白砂糖至熟透的薯仔，壓成薯蓉，加入放涼的餡料壓均勻（B）
06. 用保鮮紙封實並戳透氣洞，放置室溫 15-20 分鐘
07. 將水逐少加入至中筋麵粉拌勻成粉漿
08. 將春卷皮切成長方形，放進餡料，將底部的角摺向對面，向上摺
09. 塗上粉漿於開口位置，向上摺成咖喱角（C）
10. 預熱半吋油，將咖喱角每邊炸 1 分鐘，完成（D）

韓式燉牛肋肉
Korean Braised Beef Short Ribs (Galbi Jjim)

厚切牛肋肉（連骨）
Thick Cut Beef Short Ribs 1000g

白洋蔥 Onion......................................280g

白蘿蔔 White Turnip 600g

紅蘿蔔 Carrot....................................220g

汁 Sauce

生抽 Light Soy Sauce 120g

老抽 Dark Soy Sauce..........................25g

啡糖 Brown Sugar 100g

水 Water..500ml

蒜頭 Garlic 50g

薑 Ginger..25g

米酒 Rice Wine 25g

鹽 Salt

黑胡椒碎 Ground Black Pepper

蔥花 Green Scallions

紅辣椒 Red Chili Pepper

韓式燉牛肋肉
Korean Braised Beef Short Ribs(Galbi Jjim)

　　這道菜邪惡之處，一來糖比較多，而且還有很多汁。甜，會容易入口，於是你會吃多點，有汁，你會吃多點飯，務求可以吃多點汁。於是，這道菜是當你煮起，吃下第一口後，會只想完全吃掉它，吃不完會很不滿足。

步驟
Steps

01. 用鹽水浸牛肋肉 30-45 分鐘，瀝乾水分後再用水沖洗乾淨，擦乾水分後塗上鹽和黑胡椒（A）
02. 將白蘿蔔和紅蘿蔔刨皮切塊，把洋蔥切成半月形並拆開
03. 把京蔥切碎，用湯匙刨薑並切成蓉，蒜頭同樣切成蓉，連同薑蓉切幼細
04. 混和生抽、老抽、米酒和啡糖，加入京蔥、薑蓉和蒜蓉成醬汁，放涼備用（B）
05. 用壓力煲白鑊把牛肋肉每邊煎 10-12 分鐘成啡色，撈起牛肋肉並把油隔走（C）
06. 加入醬汁、牛肋肉、白蘿蔔、紅蘿蔔和水，蓋上鍋蓋調大火滾起後轉成細火，煮 1 小時 15 分鐘
07. 關火放涼半小時後撈起牛肋肉和配料，用隔篩把醬汁隔渣，把醬汁回鑊用中火煮 10 分鐘至濃稠
08. 加入洋蔥煮 5 分鐘後把牛肋肉、白蘿蔔和紅蘿蔔回鑊煲滾（D）
09. 撒上預先切好的蔥花和紅辣椒粒，完成

泰山爺爺雞
Tarzan's Grandpa Chicken

雞髀 Bone-in Chicken Thigh... 700–750g

黑糖 Dark Brown Sugar.....................120g

罐頭番茄連汁
Canned Tomato with Juice 400g

洋蔥 Onion 250g

雞湯 Chicken Stock 150ml

水 Water.. 200ml

蒜蓉 Minced Garlic 20g

薑蓉 Minced Ginger 15g

鹽 Salt..3g

茄汁 Ketchup 40g

老抽 Dark Soy Sauce........................... 25g

喼汁 Worcestershire Sauce 5g

月桂葉 Bay Leaf 2pcs

泰山爺爺雞
Tarzan's Grandpa Chicken

這道菜可說是家傳食譜。

先說點家族歷史：我太嫲是一位牙買加人，來了香港定居，養大了我爺爺和我的姑婆們。當年祖父和我們一起住，常常也會煮些牙買加菜，例如牛尾、椰子糖，而這「爺爺雞」是其中最受歡迎的菜式。到了現在，雖然沒有得到爺爺的食譜，但憑記憶，做了現在的版本，和大家分享

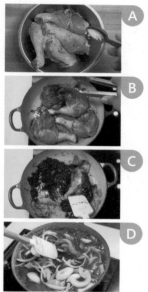

步驟 Steps

01. 加入洋蔥粉、蒜粉、百里香、牙買香粉和鹽至雞髀拌勻，用保鮮紙封實，放至雪櫃醃 1 小時（A）
02. 將洋蔥切塊
03. 熱鍋加入油，將雞髀皮向下以中火煎 4 分鐘，翻面後繼續以中火再煎 2 分鐘，撈起（B）
04. 調至細火，加入黑糖煮溶後把水倒進，調高火候邊煮邊攪拌（C）
05. 加入蒜蓉、薑蓉、老抽和喼汁，調細火後加入罐頭蕃茄連汁
06. 加入雞湯煮至沸騰
07. 加入洋蔥和月桂葉，蓋上鍋蓋，以細火煮 10 分鐘（D）
08. 將雞髀回鑊，以細火煮 10-12 分鐘至收汁，完成

醃雞材料 Chicken Marinade

洋蔥粉 Onion Powder 1tsp

蒜粉 Garlic Powder 1tsp

牙買香粉
Jamaican All-Spice Powder 0.25tsp

百里香 Thyme .... a pinch

糖醋排骨
Sweet And Sour Pork Spare Ribs

豬排骨 Pork Spare Ribs	850g	八角 Star Anise	2g
冰糖 Rock Sugar	100g	桂皮 Cinnamon Strips	3g
黑醋 Chinese Black Vinegar	80g	水 Water	500g
生抽 Light Soy Sauce	15g		
老抽 Dark Soy Sauce	20g	**豬排骨醃料 Pork spare Ribs Marinade**	
薑 Ginger	20g	老抽 Dark Soy Sauce	2g
京蔥 Leek	190g	黑醋 Chinese Black Vinegar	10g
月桂葉 Bay Leaf	2pcs	木薯粉 Tapioca Starch	10g

糖醋排骨
Sweet And Sour Pork Spare Ribs

「家常便飯」其實一點也不便！我講的是負責煮那一位的感受。每天希望和昨天不一樣，但有天想不到，重覆了一款菜，得到的往往是「昨天不是吃了嗎？」吃了不能再吃嗎？不是食物嗎？有得吃又有人煮不是很幸福嗎？！@#($F⋯⋯我心諗。

步驟
Steps

01. 將京蔥切成件和將薑切成薑片
02. 洗淨排骨後，加入 12g 老抽、黑醋和木薯粉，拌勻後醃 20 分鐘（A）
03. 凍鑊加入月桂葉、八角和桂皮，用中火烘香後放涼，放進茶包內（B）
04. 加入油，爆香薑片和京蔥後以中火加入排骨煎香，煎至兩面呈啡色（C）
05. 調至細火，先混和水、20g 老抽和生抽，加至鍋中後調中火
06. 加入香料茶包和冰糖，倒入三分之二的黑醋，蓋上鍋蓋以中火煮滾
07. 轉細火，拿走京蔥和薑片，繼續煮 1 小時至濃稠收汁
08. 將醬汁用湯匙淋上排骨表面
09. 倒入餘下的黑醋，完成（D）

窩蛋免治牛飯
Minced Beef With Raw Egg & Rice

免治牛肉 Minced Beef	300g	茄汁 Ketchup	25g
洋蔥 Onion	250g	喼汁 Worcestershire Sauce	5g
紅蘿蔔 Carrot	80g	白砂糖 Granulated Sugar	25g
乾蔥 Shallot	20g	雞湯 Chicken Stock	300ml
蒜蓉 Minced Garlic	10g	生雞蛋 Raw Egg	1pc
薑蓉 Minced Ginger	4g	**牛肉醃料 Beef Marinade**	
蠔油 Oyster Sauce	25g	鹽 Salt	2g
老抽 Dark Soy Sauce	30g	雞蛋液 Egg Wash	20g

窩蛋免治牛飯
Minced Beef With Raw Egg & Rice

懶人首選，窩蛋免治牛飯。首先，成個碟頭飯一丁點骨也沒有，基本上你可以直推喉嚨。除了可以「食很懶」，煮也很容易，一個鍋完成，乾淨俐落，方便快捷。味道亦容易受落，不會太刺激，大人小朋友都適合吃……只是比較高熱量，跑幾步就可以了！沒事！

步驟
Steps

01. 加入鹽及分次倒入雞蛋液至免治牛肉拌勻（A）
02. 將洋蔥切半後刨成蓉
03. 將紅蘿蔔刨成絲
04. 將乾蔥切碎
05. 燒熱油，以中大火弄散及炒香免治牛肉至 6 或 7 成熟，撈起（B）
06. 調至中火，加入薑蓉和洋蔥，將洋蔥煮 5 分鐘至焦糖化（C）
07. 加少許油，加入乾蔥、紅蘿蔔、蒜蓉和雞湯
08. 調至細火後加入白砂糖、老抽、喼汁、茄汁和蠔油
09. 加入免治牛肉後調至中火，蓋上鍋蓋煮 8-10 分鐘
10. 用湯匙將白飯表面壓成空位，加入免治牛肉和生雞蛋，完成（D）

芥末蝦球
"Wasayo" Prawns
(Wasabi & Mayo Prawns)

虎蝦 Tiger Prawns.......380g (18–20pcs)	**芥末蛋黃醬 "Wasayo"**
雞蛋 Egg 1pc	蛋黃醬 Mayonnaise 100g
鹽 Salt 2g	青芥辣 Wasabi 20g
白胡椒粉 White Pepper Powder ... a pinch	青檸皮碎 Lime Zest......................... 1pc
木薯粉 Tapioca Starch 80g	青檸汁 Lime Juice 0.5pc
	罐頭菠蘿片 Pineapple 50g
	鹽 Salt...0.5tsp
	蜜糖 Honey... 20g

芥末蝦球
"Wasayo" Prawns (Wasabi & Mayo Prawns)

如果這道菜沒有了日本的芥辣,我感覺一般。炒熱了的蛋黃醬?不了。但神奇的事情發生了,加了芥末,蛋黃醬好像變了身,不再只是飽滿、帶點草青味的,而是變了很有性格、獨特味道的醬料。

**步驟
Steps**

01. 於虎蝦背部輕輕剔一刀,加入鹽、白胡椒粉和雞蛋拌勻醃味(A)
02. 將罐頭菠蘿片切成蓉,加入蛋黃醬、鹽、青芥辣和蜜糖
03. 將青檸磨皮加入,切半擠上青檸汁,用打蛋器拌勻成芥末蛋黃醬(B)
04. 用保鮮紙封實芥末蛋黃醬,冷藏備用
05. 把虎蝦沾上木薯粉
06. 以 170 度油溫炸至酥脆後撈起放涼(C)
07. 燒熱鑊後把芥末蛋黃醬回鑊
08. 立即加入虎蝦,沾上醬汁後離火加熱(D)
09. 上碟時再擠上青檸汁,完成

蒜片燒汁肥牛飯
Fried Garlic & Beef With Rice

牛肋肉片 Beef Short Ribs Slices.......100g
蒜頭 Garlic................................70g
白飯 Cooked White Rice 250g
粟米油 Corn Oil.............................250ml

燒汁 Gravy
味醂 Mirin 80g
清酒 Sake 40g

白砂糖 Granulated Sugar 15g
醬油 Soy Sauce 30g
日式高湯包 Dashi Pack 1pack
水 Water 150ml

Optional：
Wasabi 日式芥末 / Nori 日本紫菜

蒜片燒汁肥牛飯
Fried Garlic & Beef With Rice

　　這是一個日式碟頭飯，是牛肉丼的變奏版。加入香脆的蒜片，提升了牛肉的味道。最喜歡這道菜的味道較簡單，見到的就是你會吃到的。不過，最緊要是買高質的肥牛，油脂溶入醬汁後……噢，抵擋不了。

步驟 Steps

01. 將日式高湯包放在水中浸透，等待 10-15 分鐘至出味
02. 將蒜頭切成蒜片，放在暖水中去除苦味後隔水並擦乾水分（A）
03. 調至細火，加入味醂、清酒及砂糖後轉用中慢火拌勻，煮至砂糖溶掉及酒精蒸發
04. 加入步驟 1 的日式高湯煮滾後，倒進醬油，煮成燒汁備用（B）
05. 凍鑊加入油和蒜片，弄鬆散後開細火，炸至起泡變啡，撈起隔油（C）
06. 煎香牛肋肉片至輕微變色後加入燒汁（D）
07. 調至細火稍為加熱，把牛肋肉片放於白飯上，燒汁則繼續煮至收汁
08. 淋上燒汁並撒上蒜片
09. 依個人喜好搭配日本紫菜和日式芥末，完成

日式炸雞
Japanese Style Fried Chicken
唐揚げ Kara-age

連皮雞髀肉 Chicken Thigh With Skin....550-600g

高筋麵粉 Bread Flour 80g

木薯粉 Tapioca Starch 80g

醃雞液體 Brine

鹽 Salt 20g

白砂糖 Granulated Sugar 20g

水 Water 250ml

調味 Seasoning

鹽 Salt 2g

蓉蒜 Minced Garlic 2g

薑蓉 Minced Ginger 2g

生抽 Light Soy Sauce 15g

雞蛋 Egg ....1pc（55g）

清酒 Sake 30g

白砂糖 Granulated Sugar 0.25tsp

日式炸雞

Japanese Style Fried Chicken｜唐揚げ kara-age

　　有一次和朋友去了日本的一間居酒屋。坐下看到餐牌寫着有款招牌酒，每個客人最多只能飲三杯。原來是一枡燒酒中再加一杯梅酒。枡，就是那個常在日本見到，用來裝清酒的方型木盒。當時坐我們隔鄰有位食客，飲了兩次，已面紅耳赤，侍應建議他飲夠了。而我和朋友各自飲了一次後，雙雙都問「如何可飲兩、或三次？」於是立即吃點炸雞，填填肚，不用那麼醉。

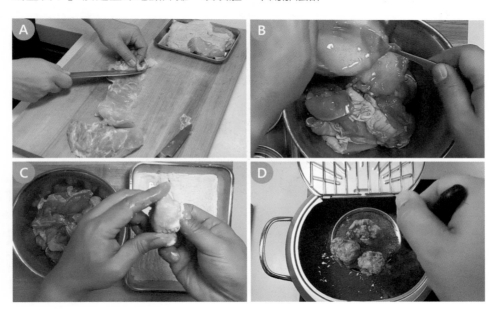

步驟 Steps

01. 將連皮雞髀肉去筋，將較厚的位置打橫剁開攤平（A）
02. 將連皮雞髀肉平均切塊
03. 混合白砂糖、鹽和水，成醃雞液體，加入雞髀肉浸透 15 分鐘
04. 把液體倒掉，擦乾水分
05. 加入鹽、薑蓉、蒜蓉、清酒、生抽、白砂糖，連同雞髀肉拌勻
06. 再加入打好的雞蛋拌勻，醃 15 分鐘（B）
07. 混合高筋麵粉和木薯粉成炸粉
08. 將雞髀肉沾上炸粉，把雞皮包裹着雞肉成雞球（C）
09. 把雞皮朝下放入 170 度油溫炸 3-4 分鐘至定形（D）
10. 稍為攪拌後再炸 2 分鐘，撈起將雞皮朝上放置層架，完成

LEVEL 2

泰式蝦餅
Thai Style Shrimp Cakes

已剝殼急凍虎蝦
Frozen Peeled Tiger Prawns 500g
免治豬肉 Minced Pork 100g
乾蔥蓉 Minced Shallots 60g
魚露 Fish Sauce 25g
鹽 Salt..0.25tsp
白砂糖 Granulated Sugar 20g
白胡椒粉 White Pepper Powder ... a pinch
洋蔥粉 Onion Powder 0.5tsp

蒜粉 Garlic Powder 0.5tsp
木薯粉 Tapioca Starch 30g
雞蛋白 Egg White .... 30–35g（1pc）
日式麵包糠 Panko......................60–80g

Optional：
青檸皮碎 Lime Zest / 泰式酸辣醬 Thai
Sweet & Sour Sauce

泰式蝦餅
Thai Style Shrimp Cakes

和你分享一個秘密：從前我是很怕吃泰國料理，因為我受不了泰國菜的香草味道。不過，正如很多長輩說：「認識了女朋友後，必定一百八十度轉變！」所以我常常也聽老人言，吃虧真的很少見。當年認識了泰嫂後，因為她好喜歡吃泰國菜，於是拍拖的時候，大多數她說去泰國餐廳。但難道我每次都只吃蝦餅？於是，經過長年累月的訓練之下……我現在很喜歡吃泰國菜了。

步驟 Steps

01. 將乾蔥切成蓉，將急凍虎蝦剝殼後擦乾水分
02. 將 3-4 隻急凍虎蝦切成蝦粒，封保鮮紙冷藏
03. 用菜刀刀鋒向外把其餘急凍虎蝦大力拍扁成蝦滑（A）
04. 將蝦滑鋪平，再鋪上免治豬肉，最上層鋪上乾蔥蓉，剁成泥膠狀（B）
05. 加入魚露、鹽、白胡椒粉、洋蔥粉、蒜粉、白砂糖和冷藏好的蝦粒，戴手套用手拌勻
06. 加入蛋白，朝同一個方向拌勻後刨青檸皮碎加入
07. 分次加入木薯粉拌勻後用力撻成蝦膠（C）
08. 先用一層保鮮紙包裹蝦膠，再包一層保鮮紙於容器上，冷藏 30 分鐘
09. 把手沾濕，將蝦滑搓成圓球，沾上日式麵包糠（D）
10. 以 150 度油溫炸至兩面金黃，完成

帕馬臣芝士雞
Chicken Parmigiana
(Chicken Parmesan)

雞髀肉 Chicken Thigh	650–700g
帕馬臣芝士 Parmesan	80g
馬蘇里拉芝士 Mozzarella	100g
蒜粉 Garlic Powder	0.5tsp
洋蔥粉 Onion Powder	1tsp
雞蛋 Egg	2pcs
中筋麵粉 AP Flour	80–100g
日式麵包糠 Panko	100–120g
椒鹽 Salt and Pepper	

帕馬臣芝士雞
Chicken Parmigiana (Chicken Parmesan)

你可能會以為這是一道很傳統的意大利菜，你只估中了一半，因為是由兩款菜式合併而來 - Eggplant Parmesan 加 Cotoletta 的混合體，而它的誕生地，就是在二十世紀初，有很多意大利移民的美國。煎雞扒、番茄醬再加焗熔了的芝士，最適合一家大細你一羹我一羹 :)

步驟 Steps

01. 將保鮮紙或牛油紙上下包裹雞髀肉，捶打至薄片成雞扒（A）
02. 混合洋蔥粉、蒜粉、鹽、黑胡椒用叉拌勻，撒上雞扒輕拍醃味
03. 將洋蔥和新鮮蕃茄切粒
04. 用油炒香洋蔥 20-25 分鐘至淺啡色後，加少許油用中慢火加入蒜粒爆香
05. 加入新鮮蕃茄、罐頭蕃茄連汁、雞湯、鹽、白砂糖、老抽和百里香，滾起後轉細火煮 20-30 分鐘成蕃茄醬（B）
06. 將一半帕馬臣芝士與日式麵包糠拌勻成炸粉
07. 將雞扒依次沾上中筋麵粉、打好的雞蛋蛋漿和日式麵包糠（C）
08. 用中火把雞扒每邊半煎炸 1-2 分鐘
09. 將蕃茄醬鋪平，放上雞扒後再淋上蕃茄醬，鋪上馬蘇里拉芝士和餘下的帕馬臣芝士（D）
10. 以 200 度焗 3-5 分鐘至芝士變微啡色，完成

蕃茄醬 Tomato Sauce

洋蔥粒 Diced Onion	300g
罐頭蕃茄連汁 Canned Tomato With Juice	400g
蒜粒 Minced Garlic	10g
新鮮蕃茄 Fresh Tomatoes	250g
雞湯 Chicken Stock	215g
白砂糖 Granulated Sugar	20g
老抽 Dark Soy Sauce	15g
鹽 Salt	2g
Optional：百里香 Fresh Thyme	2 stalks

LEVEL 3

恭喜你，
來到呢個危險級數

絕對
不是善男信女
向邪惡又近一步！

椰絲炸蝦
Coconut Prawns

醬汁 Sauce

士多啤梨果醬 Strawberry Jam	50g
茄汁 Ketchup	30g
蜜糖 Honey	15g
新鮮檸檬汁 Lemon Juice	25g
是拉差辣椒醬 Sriracha	5g

蝦 Prawns

虎蝦 Tiger Prawns	20pcs
鷹粟粉 Cornstarch	60g
鹽 Salt	3g
檸檬皮碎 Lemon Zest	2g
蛋白 Egg White	5pcs
無糖椰絲 Shredded Unsweetened Coconut	45g
日式麵包糠 Panko	40g

椰絲炸蝦
Coconut Prawns

不知為何，人大了，發現身邊的朋友，原來有很多東西都不吃。有不吃牛油、忌廉，因受不了那奶味。有不喜歡吃豬，因受不了那羶味。有不吃有骨的食物，因不喜歡吐骨。有不吃橙，因為原來對橙有恐懼。有不吃椰絲、西米、紅豆沙，因為不喜歡在嘴裡那微沙感覺。不要誤會，我完全尊重別人的喜好和習慣，反而我最愛和他們吃飯－點那些他們不吃的東西，但結帳就平分。

步驟
Steps

01. 將虎蝦剝開蝦頭並去殼至剩下蝦尾，保留蝦頭和蝦殼備用
02. 將虎蝦拿成直線，把蝦腸慢慢拉出（A）
03. 將士多啤梨果醬、茄汁、蜜糖、新鮮檸檬汁和是拉差辣椒醬拌勻成炸蝦沾醬（B）
04. 將鷹粟粉與鹽和檸檬皮碎拌勻
05. 把打起的蛋白打至起泡
06. 混合無糖椰絲和日式麵包糠成椰絲麵包糠（C）
07. 把虎蝦依次沾上鷹粟粉、蛋白和椰絲麵包糠（D）
08. 以 190 度油溫將虎蝦每邊炸 1 分鐘至金黃，完成

芝士通心粉
Mac & Cheese In A Cheese Basket

帕馬臣芝士碎 Grated Parmesan.......... 40g

蒜蓉 Minced Garlic 15g

日式麵包糠 Panko.............................. 40g

平葉番茜 Flat–Leaf Parsley 5g

忌廉 Whipping Cream 200ml

全脂牛奶 Whole Fat Milk 200ml

格呂耶爾芝士 Gruyère Cheese............ 60g

豆蔻 Nutmeg...................................0.5tsp

鹽 Salt 1tsp

通心粉 Macaroni................................150g

芝士通心粉
Mac & Cheese In A Cheese Basket

　　我的兒子還小的時候，只會吃白色的食物，但又不是所有白色食物都吃，麵包就不吃了。當時唯有常餵他吃白飯，但不能長久下去。於是有一次，用白汁再加芝士，煮了些通粉給他吃，結果他喜歡！從此變成了他的最愛。現在他已經自己煮白汁芝士通，而這個高級版芝士通，希望有日他會煮給我吃。

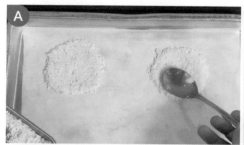

步驟
Steps

01. 預備鋪上牛油紙的焗盤，將 1.5 湯匙帕馬臣芝士碎鋪平成扁平圓餅，以 200 度烤焗 3 分鐘（A）
02. 烤焗完畢盡快將芝士鋪於杯底，放置室溫放涼定形成芝士籃（B）
03. 加入無鹽牛油爆香蒜蓉，加入日式麵包糠以慢火烘香至淺啡色，撈起放涼
04. 將平葉番茜的莖部去掉，將番茜葉切碎
05. 將番茜葉放入已放涼的日式麵包糠拌勻（C）
06. 將格呂耶爾芝士去皮並切粒（D）
07. 混合全脂牛奶和忌廉放入鍋中，將豆蔻刨碎加入，以慢火拌勻煮至剩餘一半忌廉
08. 加入格呂耶爾芝士，拌勻至醬汁濃稠後加入鹽
09. 將預先以包裝時間減掉 2 分鐘煮成的通心粉用橄欖油浸透，加入鍋中，均勻攪拌煮 1 分鐘
10. 將芝士通心粉放在芝士籃上，完成

蕃茄炒蛋
Tomato and Fried Egg

蕃茄 Tomatoes.................................850g

中型蛋 Medium Sized Eggs 6pcs

洋蔥粒 Diced Onion............................100g

茄汁 Ketchup 45g

片糖 Raw Slab Sugar 40g

老抽 Dark Soy Sauce 15ml

木薯粉 Tapioca Starch 10g

水 Water 10ml

鹽 Salt

蕃茄炒蛋
Tomato and Fried Egg

　　小時候最怕吃蕃茄炒蛋。好好的炒蛋，為什麼要加一些半熟不爛、又帶點草青的蕃茄呢？當然我小時候不吃蕃茄是主因，但就算吃我也覺得煮得很奇怪。假如把蕃茄當醬汁煮，煮好再加炒蛋又如何？結果係完美的組合，開胃撈飯首選。

步驟
Steps

01. 用刀把蕃茄蒂轉動挑出，於蕃茄輕輕剠上十字痕
02. 水滾後把蕃茄十字痕朝下加入，放入冰水浸透一會後把蕃茄皮去掉（A）
03. 將洋蔥去皮切碎
04. 將中型蛋打成蛋漿，加入少量鹽
05. 加入油和洋蔥後轉細火，煮至微啡焦糖化
06. 把蕃茄切塊，連同蕃茄汁液加入後調高火候（B）
07. 加入茄汁、老抽和片糖，煮至片糖溶化（C）
08. 逐少加入預先與水混合的木薯粉
09. 用油以中上火把雞蛋炒香，成型後蓋上鍋蓋焗 30 秒
10. 不停上下搖晃鍋子使炒蛋離鍋，將蕃茄和炒蛋上碟，完成（D）

芝士焗西蘭椰菜花
Cauliflower & Broccoli Parmesan

多用途麵粉 AP Flour	80g	
雞蛋 Eggs	2pcs	
日式麵包糠 Panko	80g	
椰菜花 Cauliflower	0.5pc	
西蘭花 Broccoli	0.5pc	
蕃茄汁 Tomato Sauce	600ml	

帕瑪臣芝士碎 Grated Parmesan 100g
水牛芝士碎 Mozzarella......................150g
鹽 Salt 1tbsp
黑胡椒碎 Ground Black Pepper..........1tsp
油 Oil for Frying

芝士焗西蘭椰菜花
Cauliflower & Broccoli Parmesan

我煮這道菜是用來騙自己的。首先我決定食菜，已覺得都頗健康，然後去街市買菜，付諸行動，我覺得很健康。當我洗菜準備煮的時候，我覺得我好像在吃齋……然後思想就一落千丈。不如把菜炸了，之後加汁加芝士，再焗，都是菜但不再那麼單調了！哈哈！

步驟 Steps

01. 將西蘭花莖部切走，順着紋理切成小塊（A）
02. 將椰菜花順着紋理切成小塊
03. 將西蘭花和椰菜花浸於加了白醋或鹽的水約 10 分鐘後瀝乾水份
04. 將西蘭花和椰菜花依次沾上多用途麵粉、打發了的雞蛋蛋漿和日式麵包糠（B）
05. 放入鍋中炸至啡色
06. 將鹽和黑胡椒粉加入至蕃茄汁拌勻
07. 將少量蕃茄汁倒進焗盤後放上炸好的西蘭花和椰菜花（C）
08. 撒上一層帕馬臣芝士碎後，放入餘下的西蘭花和椰菜花
09. 將餘下的蕃茄汁、帕馬臣芝士碎和水牛芝士碎撒於表面花（D）
10. 放入已預熱 205 度的焗爐，烤焗 30 分鐘至芝士溶掉，完成

咖喱牛筋腩
Curry Beef Stew

牛筋腩 Beef With Tendons................800g	薑黃粉 Turmeric Powder....................40g
薯仔 Potato....................................480g	無鹽牛油 Unsalted Butter...................40g
紅蘿蔔 Carrot................................180g	雞湯 Chicken Stock.........................600ml
洋蔥 Onion.......................................1pc	水 Water................................800–1000ml
咖喱醬 Curry Paste.........................0.5tsp	冰糖 Rock Sugar.............................60g
椰奶 Coconut Milk...........................165ml	老抽 Dark Soy Sauce.......................1tbsp

咖喱牛筋腩
Curry Beef Stew

　　當你是一家之煮，發現有道菜全家都喜歡，你會很自然煮多幾次。這道菜我的小朋友喜歡那醬汁，因為可以撈飯，也可以帶回學校做午餐。我女兒說「爸爸的咖喱是最好吃的！」聽罷，當然忍不住隔一星期又煮一次，直至有次太太對女兒說「爸爸煮咖喱已煮得很累了。」自此我的咖喱只會每一至兩個月才出現，而太太也對我好了很多呢！

步驟
Steps

01. 水滾後放入牛筋腩汆水，隔起用水洗淨
02. 將牛筋腩切成掌心大小的件狀（A）
03. 將無鹽牛油煮至起泡後加入薯仔煎至金黃，然後隔起放涼（B）
04. 以細火爆香咖喱醬
05. 調高火候加入預先切片的洋蔥，以及預先切塊的紅蘿蔔
06. 加入椰奶，以中慢火煮1分鐘至濃稠收汁（C）
07. 加入薑黃粉和雞湯拌勻
08. 加入冰糖和老抽
09. 加入牛筋腩，再把薯仔回鑊（D）
10. 加入水，蓋上鍋蓋待水滾後煮70分鐘，然後熄火焗半小時，完成

46 LEVEL 3

枝竹羊腩煲
Chinese Style Lamb Stew

羊腩 Goat Meat	1kg	蒜仔 Spring Onion	70g
乾葱 Shallots	80g	甘蔗 Sugar Cane	100g
薑 Ginger	50g	炸枝竹 Fried Bean Curd Sticks	140g
冬菇 Shiitake Mushroom	60g	南乳 Red Fermented Bean Curd	30g
馬蹄 Water Chestnut	250g	柱侯醬 Chu Hou Paste	100g
唐芹 Chinese Celery	35g	芝麻醬 Sesame Paste	30g

枝竹羊腩煲
Chinese Style Lamb Stew

你知道羊腩煲的羊腩，其實是山羊肉？你是否以為是在吃那些白毛綿羊？綿羊其實也可吃，不過肉很韌，不適合做羊腩煲。但在香港吃所謂羊腩煲，很多時骨比肉多，腩肉真的很少見，除非一些比較有心的店家，就真的全腩奉上。

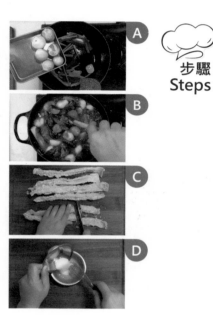

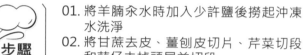
步驟
Steps

01. 將羊腩汆水時加入少許鹽後撈起沖凍水洗淨
02. 將甘蔗去皮、薑刨皮切片、芹菜切段和蒜仔去掉頭尾並切段
03. 將預先泡水的冬菇斜切成塊
04. 加入油將薑爆香至啡色，以中上火加入芹菜、蒜仔和乾蔥炒香（A）
05. 調低火候加入柱侯醬、芝麻醬和南乳
06. 調高火候依次加入檸檬葉、羊腩、預先去皮泡水的馬蹄和冬菇（B）
07. 再加入雞湯、水、甘蔗、冰糖和老抽
08. 蓋上鍋蓋煲滾後調至中慢火，煮75分鐘
09. 加入已切段的炸枝竹，蓋上鍋蓋煮15分鐘後關火炆焗半小時（C）
10. 混合芝麻油和腐乳，加入白砂糖成腐乳醬，完成（D）

冰糖 Rock Sugar	40g
老抽 Dark Soy Sauce	30ml
雞湯 Chicken Stock	250ml
水 Water	1500ml
檸檬葉 Kaffir Lime Leaves	3 塊

蘸料 Dipping Sauce

腐乳 Fermented Bean Curd	50g
芝麻油 Sesame Oil	30ml
白砂糖 Granulated Sugar	5g

芝士荷蘭寶貝班戟
Savory Cheese Dutch Baby

中筋麵粉 AP Flour	150g	煙肉 Bacon	80g
鹽 Salt	4g	布利芝士 Brie	125g
雞蛋 Eggs	6pcs	埃文達芝士 Emmental	20g
全脂奶 Whole Milk	175g	蔥花 Green Scallion	5g
無鹽牛油 Unsalted Butter	65g		

芝士荷蘭寶貝班戟
Savory Cheese Dutch Baby

要分享這荷蘭寶貝班戟的起源，就要從它的英文名字說起。"Dutch Baby" 不是荷蘭食品，反而和德國有點淵源。食譜參考了德國班戟做法，但將它命名的，傳聞是一間營業於 20 世紀中期的美國餐廳。傳聞中提到，廚師的女兒誤將餐牌上的 "Deutsch Pancake"（Deutsch 是德文，解 " 德國 "，讀音 "Doi-che"）讀成 "Dutch Pancake"，自此便一叫成名。

步驟
Steps

01. 以中慢火將煙肉煎 7-10 分鐘（A）
02. 將中筋麵粉過篩，加入鹽拌勻
03. 將牛奶加至打好的雞蛋蛋漿，攪拌均勻
04. 將牛奶蛋漿倒入中筋麵粉拌勻成粉漿（B）
05. 加入埃文達芝士、少量蔥花和黑胡椒
06. 將布利芝士切片（C）
07. 以大火加入無鹽牛油翻煮煙肉至牛油起泡
08. 加入粉漿後將布利芝士放入鍋的中間（D）
09. 立即關火並放入已預熱 220 度的焗爐，烤焗 20-25 分鐘
10. 撒上餘下的蔥花，完成

紅酒牛尾
Oxtail in Red Wine Sauce

牛尾 Oxtail	1400g	紅酒 Red Wine	500ml
紅蘿蔔 Carrot	220g	雞湯 Chicken Stock	300ml
西芹 Celery	200g	月桂葉 Bay Leaf	3pcs
洋蔥 Onion	250g	冰糖 Rock Sugar	65g
蒜頭 Garlic	25g	鹽 Salt	1tsp
中筋麵粉 AP Flour	30g	黑胡椒碎 Ground Black Pepper	1tsp
無鹽牛油 Unsalted Butter	50g	水 Water	300ml

紅酒牛尾
Oxtail in Red Wine Sauce

　　還記得當我學成法國廚藝班的時候，常常在家再煮的菜式，就是 Beef Bourguignon 紅酒煮牛肉。其實 Bourguignon 一詞，泛指用紅酒、洋蔥和蘑菇煮的菜式。之前學的都以牛冧肉煮，其實覺得不太好吃，於是自己會改用牛尾，頓然好味幾倍！那當然，那牛尾的牛脂在發功！

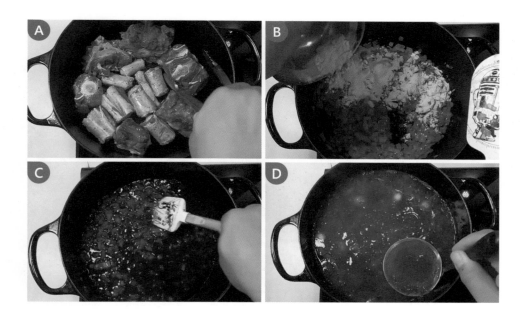

步驟
Steps

01. 加入鹽、黑胡椒碎至已洗淨的牛尾，拌勻醃味
02. 將紅蘿蔔切塊，西芹則去掉頭尾、刨表皮及切碎，將洋蔥切碎
03. 以中大火用油煎牛尾至微啡色後調至細火撈起備用（A）
04. 轉中火炒香洋蔥至半透明後加入西芹
05. 加入無鹽牛油和中筋麵粉，煮 2 分鐘（B）
06. 加入紅酒拌勻（C）
07. 加入雞湯煮至沸騰
08. 加入紅蘿蔔、已切粒的蒜頭、牛尾和水
09. 放入月桂葉和冰糖煮至沸騰後將泡泡用湯勺取走（D）
10. 轉細火煮 1.5-2 小時，然後關火炆焗 30 分鐘，完成

焦糖洋蔥焗芝士通粉
Mac and Cheese With Caramelized Onion

Ingredients for 4–6 servings

通心粉 Macaroni 300g

洋蔥 Onion 600g

無鹽牛油 Unsalted Butter .... 30g + 30g

中筋麵粉 AP Flour 30g

埃文達芝士 Emmental Cheese 120g

馬蘇里拉芝士 Mozzarella .... 140g + 20g

全脂牛奶 Whole Milk 250ml

雞湯 Chicken Stock 200ml

月桂葉 Bay Leaf 1pc

鮮磨豆蔻 Fresh Ground Nutmeg ... a pinch

椒鹽 Salt and Pepper

焦糖洋蔥焗芝士通粉
Mac and Cheese With Caramelized Onion

　　我常常都會問：究竟是誰發現榴槤是可以吃的呢？是誰會把紅毛丹放入口中？當然有很多都是用勇氣試出來，但好多時也是運氣降臨，無意發現。好像焦糖洋蔥，誰會想到煮久了的洋蔥，會將內裡的糖份釋放出來，不單很美味，而且還是甜的！感謝那位不專心煮洋蔥的廚師！

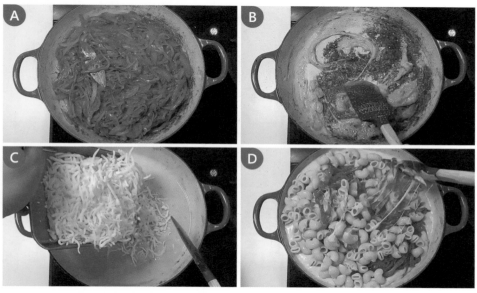

步驟
Steps

01. 將預先以包裝時間減掉 2 分鐘煮至半生熟的通心粉，加入橄欖油
02. 將洋蔥去蒂切幼絲
03. 將一半無鹽牛油煮至起泡後加入洋蔥和月桂葉，煮 20-25 分鐘成焦糖洋蔥（ A ）
04. 取走月桂葉然後關火撈起洋蔥
05. 將剩餘的牛油煮至起泡後加入中筋麵粉不停拌勻成麵撈（ B ）
06. 加入冷凍的全脂牛奶、雞湯、埃文達芝士和 140g 馬蘇里拉芝士（ C ）
07. 將豆蔻刨碎加入，用鹽和胡椒粉調味
08. 加入焦糖洋蔥後調至細火，分次加入通心粉拌勻（ D ）
09. 可加入少量全脂牛奶調校濃稠度
10. 撒上餘下的馬蘇里拉芝士，關火後放入焗爐用上火焗 5-8 分鐘，完成

咖喱魚蛋魷魚豬皮蘿蔔
Curry Fishball Squid Pork Rinds and White Turnip

魚蛋 Fishball...400g
水魷 Processed Squid 1300g
沙爆豬皮 Dried Pork Rinds.................. 60g
白蘿蔔 White Turnip............................ 700g

水魷用 For Squid
紹興酒 Xiao Xing Wine........................ 40g

豬皮用 For Pork Rinds
薑 Ginger 20g
京蔥 Leek.. 60g

白蘿蔔用 For White Turnip
生米 Uncook Curry Sauce

咖喱魚蛋魷魚豬皮蘿蔔
Curry Fishball Squid Pork Rinds and White Turnip

小時候我媽媽不讓我吃街邊小食，說「很髒」。但我看着一個個同學，放學後，左一串，右一串，吃得津津有味，明天還不是照樣上學，跑來跑去。當時我是很想吃一串的，但如果真的吃完肚子痛，如何向娘親交待？（對，説謊不是我的強項）結果，我是出來社會工作後，才敢去「掃街」。這個故事教訓我們 - 吃了未必痾，不吃未必不痾。Enjoy life!

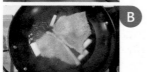

步驟 Steps

01. 將已刨皮的白蘿蔔以滾刀法切塊，將預先放置茶包的生米連同白蘿蔔用水煮 25-30 分鐘（A）
02. 加入京蔥和薑片煲滾，將已手撕一半的沙爆豬皮加入（B）
03. 滾起後關火焗 10 分鐘，然後放冰水過冷河，瀝乾水分後把沙爆豬皮切塊
04. 將水魷去骨去衣後把魷魚鬚切條，其餘部分切斜三角（C）
05. 混合水和紹興酒，把水魷氽水 10-15 秒
06. 把陳皮用湯匙去囊切碎，把乾蔥、蒜頭和薑切碎
07. 加入油、乾蔥、薑、蒜頭、陳皮、生抽、鹽、咖喱醬、沙茶醬和沙嗲醬至攪拌機拌勻成醬汁
08. 用油以中火爆香薑黃粉 10 秒後調至細火，加入醬汁推向鍋中間不停攪拌煮 2 分鐘（D）
09. 加入椰奶、雞湯、水和冰糖，調至中火煮至冰糖溶掉後加入魚蛋和白蘿蔔，蓋上鍋蓋等待煮滾
10. 放入沙爆豬皮煲滾後加入水魷，用中火煮滾，然後調至細火熬 10 分鐘，完成

咖喱汁 Curry Sauce

陳皮 Dried Orange Peek........................4g
咖喱醬 Curry Paste.............................10g
沙嗲醬 Satay Sauce 40g
沙茶醬 Pâté de Satay.........................35g
薑黃粉 Turmeric Powder 12g
蒜頭 Garlic..60g
乾蔥 Shallot.....................................200g

薑 Ginger 40g
冰糖 Rock Sugar...............................100g
生抽 Light Soy Sauce 50g
鹽 Salt...5g
雞湯 Chicken Stock...........................500ml

Optional：
椰奶 Coconut Milk............................165ml

蔥油雞扒飯
Pan Fried Chicken With Green Scallion Oil

		雞扒醃料 Chicken Marinade	
雞髀扒 Chicken thigh	3pcs（450g）	鹽 Salt	8g
蔥 Green Scallion	150g	雞蛋 Egg	1pc（50g）
乾蔥 Shallots	70g	蒜粉 Garlic Powder	3g
粟米油 Corn Oil	350ml	洋蔥粉 Onion Powder	3g
米 Rice	300g	木薯粉 Tapioca Sstarch	8g
水 Water	450ml		

蔥油雞扒飯
Pan Fried Chicken With Green Scallion Oil

　　心情不太好的時候，我會有衝動吃一些甜品或高脂食物，例如雪糕或炸雞。原來當你吃這些食物的時候，大腦會分泌一些令你輕鬆的荷爾蒙，從而使你心情變好。不過，這些都是短暫安慰，吃太多高糖高脂食物當然不好，所以學煮完我這本邪惡食譜天書就要停啦。

步驟
Steps

01. 將鹽、洋蔥粉、蒜粉、雞蛋蛋漿、木薯粉加至雞髀扒，封保鮮紙放入雪櫃醃 1 小時
02. 將已浸 20-30 分鐘水的蔥和乾蔥瀝乾水分後切碎（A）
03. 混合粟米油、蔥和乾蔥，用細火煮 15 分鐘成蔥油
04. 用油以中火加入皮朝下的雞髀扒煎 3-4 分鐘至金黃色
05. 把雞髀扒翻面煎 4 分鐘，盛起放涼（B）
06. 用煎雞髀扒剩餘的雞油將洗好的米炒至珍珠白（C）
07. 加入水後蓋上鍋蓋用中火煮 10 分鐘
08. 關火焗 5 分鐘
09. 將雞髀扒連同炒飯上碟
10. 淋上蔥油，完成（D）

白汁海鮮焗飯
Baked Seafood Rice with Bechamel Sauce

帶子 Scallop	250g	蒜粉 Garlic Powder	0.5tsp
虎蝦 Tiger Prawns	150g	洋蔥粉 Onion Powder	0.5tsp
白蘑菇 White Button Mushroom	150g	鹽 Salt	0.5tsp
白飯 Cooked White Rice	600g	水牛芝士 Mozzarella Cheese	60g
雞蛋 Eggs	2pcs		

白汁海鮮焗飯
Baked Seafood Rice with Bechamel Sauce

茶餐廳的白汁，其實是法國料理中的醬汁之母 Bechamel Sauce。而茶餐廳賣的白色餐湯，只是 Bechamel Sauce 加了雞湯，在法國料理內，這款湯叫 velouté。想不到，原來茶餐廳也嚐到法國菜。

步驟 Steps

01. 將白蘑菇用沾濕的廚房紙抹乾淨後切厚片
02. 將帶子擦乾水分後切厚塊，並將虎蝦去殼去半
03. 加入洋蔥粉、蒜粉和鹽至帶子和虎蝦醃 15 分鐘（A）
04. 加入少量鹽至雞蛋蛋漿拌勻，淋上白飯（B）
05. 用油以中大火稍為烘熱白飯後炒勻 3-5 分鐘至乾身及粒粒分明，盛起備用成炒飯
06. 以細火將無鹽牛油煮至起泡後加入中筋麵粉拌勻
07. 加入冷藏的全脂牛奶拌勻至濃稠後倒入雞湯，逐少加入水調較濃稠度（C）
08. 加入鹽、虎蝦、帶子和白蘑菇成白汁海鮮
09. 將白汁海鮮倒入炒飯，撒上馬蘇里拉芝士碎（D）
10. 放入已預熱 220 度的焗爐，用上火烤焗 5 分鐘至表面金黃，完成

白汁 Bechamel Sauce

無鹽牛油 Unsalted Butter 40g
中筋麵粉 AP Flour 40g
全脂牛奶 Whole Milk 200ml
雞湯 Chicken Stock 150ml

水 Water 120–150ml
鹽 Salt 1tsp

Optional：
馬蘇里拉芝士碎

微辣芝麻醬拌麵
Noodles with Spicy Sesame Sauce

上海麵 Shanghai Noodle 300g

青瓜 Cucumber 80g

花生碎 Crushed Peanuts 3g

微辣芝麻醬 Sesame Sauce

麻油 Sesame Oil .... 30+10ml

芝麻醬 Sesame Sauce 30ml

生抽 Light Soy Sauce 30ml

米醋 Rice Vinegar 45ml

花生醬 Peanut Butter 15g

白砂糖 Granulated Sugar 20g

薑蓉 Minced Ginger 5g

蒜蓉 Minced Garlic 10g

豆瓣醬 Chili Sauce 10g

微辣芝麻醬拌麵
Noodles with Spicy Sesame Sauce

　　冷麵是我長大後才懂得欣賞，啟發我舌頭要多得一次日本餐。話說當時興吃冷烏冬，而作為女人奴隸的我，當然要跟時任女友、現任太太去趁熱鬧。老土的我很抗拒吃冷冰冰的麵，誰不知點點汁，吃完第一口後，覺得很舒服，吃後不頂胃，感覺一流。其後當晚我點了三份冷烏冬。自此，冷麵成為我必吃食物頭十位。

步驟
Steps

01. 將上海麵放入已加鹽的滾水煮滾
02. 然後撈起放進食用冰水過冷河，瀝乾水分
03. 加入 30ml 麻油拌勻備用（A）
04. 混合生抽、餘下的麻油、白砂糖和米醋，攪拌均勻
05. 再加入芝麻醬、花生醬、豆瓣醬、蒜蓉和薑蓉拌勻成微辣芝麻醬（B）
06. 將青瓜頭尾去切走，將頭尾部分磨至起泡後洗淨，然後切成青瓜絲（C）
07. 將部分微辣芝麻醬倒入上海麵拌勻後上碟（D）
08. 加入青瓜絲
09. 淋上剩餘的微辣芝麻醬
10. 灑上花生碎，完成

54

LEVEL 3

港式炸醬麵
Hong Kong Style Zhajiangmien

梅頭肉 Pork Shoulder Meat 230g	水 Water 30g
	油 Oil 8g
梅頭肉醃料 Pork Shoulder Marinade	幼蛋麵 Thin Egg Noodles................. 350g
生抽 Light Soy Sauce 20g	榨菜粒 Diced Mustard Tuber 40g
木薯粉 Tapioca Starch 10g	青瓜條 Cucumber Batons 90g
白砂糖 Granulated Sugar 10g	蒜蓉 Minced Garlic 20g

港式炸醬麵
Hong Kong Style Zhajiangmien

　　幼幼的肉絲，配上酸酸甜甜、螢光橙色的醬汁，舖上一碟幼身全蛋麵，然後加一碗大地魚湯⋯⋯對不起 我不明白吸引力在哪裡。不過，捧場客大有人在，包括我太太。所以我煮這炸醬麵，全因為我是一個很愛太太、又英俊又大方的好丈夫。多謝！

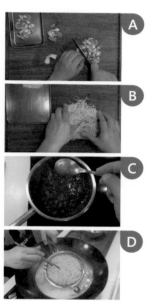

步驟
Steps

01. 將梅頭肉切粗絲，加入生抽、10g 白砂糖、水和木薯粉醃 15-25 分鐘（A）
02. 將幼蛋麵弄散讓味道揮發，備用（B）
03. 用油以中火爆香乾蔥蓉、蒜蓉、榨菜粒和梅頭肉
04. 加入水、45g 白砂糖、豆瓣醬、海鮮醬、老抽、Ok 甜酸汁、茄汁和鹽拌勻煮滾
05. 調至細火煮至濃稠後，逐少加入預先與木薯粉混合的水，成醬汁備用（C）
06. 開大火將幼蛋麵滾燙，水滾後撈起放置食用冰水過冷河
07. 用笊箕盛載著幼蛋麵，凌空放於鍋上吸熱（D）
08. 加入蔥油拌勻
09. 將幼蛋麵連同醬汁和青瓜絲上碟，完成

乾蔥蓉 Minced Shallots	50g	白砂糖 Granulated Sugar	45g
海鮮醬 Hoisin Sauce	25g	水 Water	300g
豆瓣醬 Chili Bean Paste	3–5g	蔥油 Spring Union Oil	
老抽 Dark Soy Sauce	10g		
茄汁 Ketchup	60g	**芡汁 Slurry**	
Ok 甜酸汁 OK Sauce	30g	木薯粉 Tapioca Starch	8g
鹽 Salt	2g	水 Water	5g

55

粟米肉粒飯
Corn & Pork in White Sauce with Rice

粟米粒 Corn Kernels	120g
豬肉 Pork	150g
無鹽牛油 Unsalted Butter	40g
中筋麵粉 AP Flour	40g
雞湯 Chicken Stock	500ml
全脂牛奶 Whole Milk	100ml

Optional: 鹽同胡椒 Salt and Pepper

粟米肉粒飯
Corn & Pork in White Sauce with Rice

有很多人跟我說，覺得粟米肉粒飯不是很邪惡。

首先白汁用牛油、麵粉加雞湯開成，加入豬肉粒，然後再加罐頭粟米，配上白飯－卡路里很高呢！當然他們聽完之後，第一個反應都是：「但很好吃嘛～」我同意，哈！

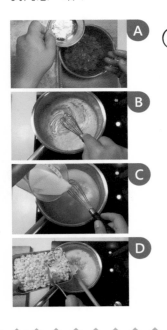

步驟 Steps

01. 將豬肉切粒
02. 加入鹽、白砂糖、洋蔥粉、蒜粉、紹興酒和生抽拌勻
03. 加入雞蛋液和木薯粉，封保鮮紙放入雪櫃醃至少半小時（A）
04. 將無鹽牛油煮至起泡後加入中筋麵粉，不停攪拌成麵撈（B）
05. 分次加入雞湯和全脂牛奶，調至中火煮滾成白汁（C）
06. 維持中火加入醃好的豬肉拌勻
07. 放入粟米粒後調至最細火（D）
08. 因應味道以鹽和白砂糖調味
09. 配以白飯上碟，完成

豬肉醃料 Pork Marinade

鹽 Salt	2g
蒜粉 Garlic Powder	0.5tsp
洋蔥粉 Onion Powder	2g
雞蛋液 Egg Wash	30g
生抽 Light Soy Sauce	5g
白砂糖 Granulated Sugar	10g
紹興酒 Xiao Xing Wine	5g
木薯粉 Tapioca Starch	5g

酥皮蘑菇湯
Mushroom Soup With Puff Pastry

Ingredients（for 8–10 people）

白蘑菇 White Button Mushroom 300g	白酒 White Wine 80g
啡蘑菇 Cremini Mushroom 100g	無鹽牛油 Unsalted Butter 30g
鮮冬菇 Fresh Shiitake 300g	鹽 Salt 8–10g
京蔥 Leek 100g	雞湯 Chicken Stock 500ml
薯仔 Potato 200g	水 Water 500ml
洋蔥 Onion 300g	牛奶 Milk 150ml
蒜頭 Garlic 20g	pastry Large Puff .... 4–6 pcs
煙肉 Smoked Bacon 80g	蛋漿 Egg Paste

酥皮蘑菇湯
Mushroom Soup With Puff Pastry

　　酥皮蘑菇湯是一個經典的法國料理，是由法國名廚 Paul Bocuse 在 70 年代始創的。這湯原本的主材料是黑松露，但相信香港有餐廳老闆說「黑松露和白蘑菇都是菇！用白菇一樣好味！」說真的，我有點同意老闆的說法，那怕你用冬菇，因為我吃，都是為那浸了湯後的酥皮。

步驟
Steps

01. 用沾濕的毛巾把白蘑菇和鮮冬菇抹乾淨後切片
02. 用沾濕的毛巾把啡蘑菇抹乾淨後去蒂切厚片，用油以大火煎至微啡色，撈起備用（A）
03. 將京蔥去衣切碎後浸水，然後瀝乾水分
04. 將洋蔥切絲、已刨皮浸水的薯仔切粒、煙肉和蒜頭切粒
05. 白鑊加入煙肉以中火迫出油（B）
06. 加入無鹽牛油和洋蔥，煮至洋蔥半透明後，加入薯仔不停攪拌，炒 2-3 分鐘
07. 加入京蔥、蒜頭、白酒、白蘑菇、鮮冬菇、雞湯、牛奶、水和鹽，用中火煲滾後調至細火煮 8-10 分鐘
08. 用手提攪拌棒拌勻，用鹽調味成蘑菇湯（C）
09. 將酥皮用圓形模具壓成比上菜碗邊更大的尺寸，將蘑菇湯倒入上菜碗，撒上啡蘑菇，用酥皮封實碗邊（D）
10. 掃上蛋漿，放入已預熱至 200 度焗 10 分鐘至酥皮金黃，完成

豉油皇炒麵
Stir Fried Noodles with Soy Sauce Supreme

全蛋麵餅 Egg Noodle.......... 400g（2pcs）
蔥 Green Scallion 120g
銀芽 Bean Sprouts 300g
鹽 Salt..5g

Optional：
已烤芝麻 Roasted Sesame Seed

豉油皇 Soy Sauce Supreme

生抽 Light Soy Sauce 80g
老抽 Dark Soy Sauce 40g
水 Water 80g
冰糖 Rock Sugar.................................40g
紹興酒 Xiao Xing Wine........................25g
蒜頭 Garlic..20g
乾蔥 Shallots 60g
蔥白 Green Scallions（White Part）

豉油皇炒麵
Stir Fried Noodles with Soy Sauce Supreme

很奇怪，這豉油皇炒麵是任何時候都適合吃。早晨吃粥，又可配它。午餐吃點心，又可配它。晚餐吃兩餸飯，菜和肉都可配它。宵夜，又可以只吃它。現在寫着寫着，又想吃它⋯⋯吃吧吃吧，那怕邪惡的它～

步驟
Steps

01. 將預先浸水的銀芽去根，瀝乾水分
02. 將乾蔥和蒜頭切片、蔥白切半、蔥切段
03. 混合生抽、老抽和水成豉油汁
04. 用油以中慢火爆香蒜頭和乾蔥至半透明後，加入蔥白、紹興酒、冰糖和豉油汁
05. 轉細火煮 8-10 分鐘至冰糖溶掉後關火放涼，成豉油皇（A）
06. 將全蛋麵餅放入已加入鹽的滾水，弄鬆散後關火，撈起成蛋麵，加入油保持鬆散狀態
07. 稍為用剪刀將蛋麵剪半（B）
08. 用大火燒熱鑊，白鑊加入銀芽炒 45 秒後撈起並洗鑊（C）
09. 用油炒香蔥段和蛋麵，分次加入已隔渣的豉油王（D）
10. 加入銀牙炒勻，完成

龍蝦伊麵
E-Fu Noodles with Rock Lobster

龍蝦 Rock Lobsters	1pc	豬油 Lard	40g
伊麵餅 E-Fu Noodles	1pc（75g）	中筋麵粉 AP Flour	35g
木薯粉 Tapioca Starch	20g	雞湯 Chicken Stock	500ml
鹽 Salt	5g	鹽 Salt	5g
		白砂糖 Granulated Sugar	12g
汁底調味 Sauce Base		蒜頭 Garlic	
薑片 Ginger	15g	水 Water	少量
京蔥 Leek	90g		

龍蝦伊麵
E-Fu Noodles with Rock Lobster

伊麵的由來，原來有個故事。話說清朝初，有位政客名叫伊秉綬。工作需要，他經常要在家請客，而為了減輕家中廚師工作量，他建議將生麵炸好，這樣可存放較長時間，不用每次新鮮做麵。後來伊秉綬過身後，人們為紀念他，將他家的麵名為「伊府麵」。你留意外國人給伊麵的英文名稱，仍然是 "Yi-Fu Noodles "。

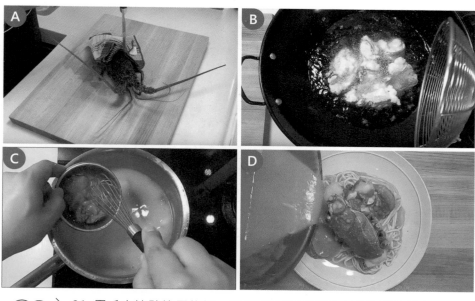

步驟
Steps

01. 用毛巾協助按壓龍蝦，把刀插進龍蝦雙眼中間位置並切下，立即將龍蝦切半將頭部和身體分開，將龍蝦蝦身一節節切開（A）
02. 將龍蝦蝦頭切走觸鬚，剝掉蝦腳，打直切開一半
03. 用湯匙拿走龍蝦蝦膏封保鮮紙冷藏備用，同時將蝦腸去掉
04. 將龍蝦過水，灑上預先與鹽拌勻的木薯粉，連同盛載龍蝦的容器整個搖晃拌勻後靜待 1 分鐘
05. 用中大火炸龍蝦 30-45 秒後撈起，利用錫紙半掩表面（B）
06. 待豬油溶化後用中大火爆香薑片，調至中火加入京蔥和蒜頭
07. 加入中筋麵粉不停攪拌後倒入雞湯，加入鹽和白砂糖
08. 調較至最細火，加入龍蝦蝦膏攪拌，用細火煮至滾起（C）
09. 調較至最細火，拿走京蔥、薑片和蒜頭，加入少量水後調至中火煮滾醬汁
10. 加入伊麵，滾起後立即關火上碟，將部份醬汁淋上伊麵，放上龍蝦後將餘下的醬汁淋上，完成（D）

臘味飯 ＋ 自煮豉油
Chinese Dried Assorted Pork Rice & Homemade Soy Sauce

生米 Uncooked Rice	500g	八角 Star Anise	0.5pc
水 Water	500ml	乾蔥 Shallots	40g
雞湯 Chicken Stock	250ml	蒜頭 Garlic	20g
臘肉 Dried Chinese Pork	130g	蔥 Green Scallion	40g
臘腸 Dried Chinese Sausage	130g	老抽 Dark Soy Sauce	45g
潤腸 Dried Liver Sausage	60g	蠔油 Oyster Sauce	8g
		冰糖 Rock Sugar	30g
自煮醬油 Homemade Soy Sauce		水 Water	100ml
豬油 Lard	30g		

臘味飯 + 自煮豉油
Chinese Dried Assorted Pork Rice & Homemade Soy Sauce

開門七件事，家中必備的除了柴米油鹽醬醋茶，我認為臘味，尤其臘腸，總要存放「幾孖」在雪櫃。因為很多時候，你會想不到可以煮甚麼，但煮一個臘味飯？好味有保證，因為臘味不會有另一味道，除非壞了，所以臘味＝靠得住。

**步驟
Steps**

01. 將蒜頭和乾蔥切塊，並將蔥切段
02. 用豬油調至慢火爆香乾蔥和蔥 30 秒後，加入蒜頭
03. 加入八角，將乾蔥煮至半透明後加入冰糖炒至溶掉
04. 加入老抽、蠔油和水，煮滾後調至最細火繼續煮 10 分鐘，然後關火焗成自煮豉油
05. 將預先洗淨的臘肉去皮（A）
06. 將已預先洗淨的臘腸和膶腸則烚熟 1 分鐘，臘肉則烚 5 分鐘
07. 將放涼的臘腸、膶腸和臘肉切粒（B）
08. 用油以中火炒香生米至珍珠白，加入雞湯和水（C）
09. 煮 5 分鐘後加入臘腸、膶腸和臘肉，蓋上鍋蓋煮 5-7 分鐘成臘味飯
10. 將自煮豉油隔渣成煲仔飯豉油，輕輕攪拌臘味飯，撒上蔥花，完成（D）

焗豬扒飯
Hong Kong Style Baked Pork Chop Rice

豬扒 Pork Chop .... 4pcs（500–550g）
水牛芝士 Mozzarella

汁 Sauce

紅蘿蔔 Carrot 80g
洋蔥 Onion... 250g
罐頭蕃茄 Canned Tomato 2 Cans（800g）
茄膏 Tomato Paste 50g
中筋麵粉 AP Flour 25g

無鹽牛油 Unsalted Butter.................... 25g
雞湯 Chicken Stock.........................120ml
冰糖 Rock Sugar................................. 60g
老抽 Dark Soy Sauce 8g
喼汁 Worcestershire Sauce ....1 tsp
茄汁 Ketchup 50g
月桂葉 Bay Leaf.................................2pcs
鹽 Salt..5g
水 Water 100ml

132

焗豬扒飯
Hong Kong Style Baked Pork Chop Rice

在香港的豉油西餐中，我最喜歡焗豬扒飯。通常都會吃到那些用梳打粉醃至天昏地暗的豬扒，然後炒飯墊底，加上超濃味番茄汁，最後鋪上芝士，完美！不用多說，快點跟着煮，早煮早享受。

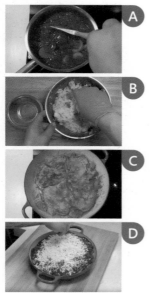

步驟 Steps

01. 將豬扒去筋，加入鹽、糖、預先混合的蒜粉及洋蔥粉、生抽、水和雞蛋蛋漿，封保鮮紙冷藏醃半小時
02. 將洋蔥切絲，並將紅蘿蔔切薄片
03. 用油以中火炒香洋蔥至微啡色後，加入茄膏、無鹽牛油、中筋麵粉、雞湯和罐頭蕃茄
04. 加入茄汁、喼汁、冰糖和老抽拌勻
05. 加入鹽、月桂葉和紅蘿蔔，蓋上鍋蓋用細火煮 20 分鐘後關火繼續炆焗成醬汁（A）
06. 將雞蛋蛋漿倒進已放涼的白飯用手攪拌均勻（B）
07. 用油以中上火把飯烘香一會，然後炒勻後撈起成炒飯
08. 用油以中火將豬扒每邊 2 分鐘，撈起放涼 3-4 分鐘（C）
09. 將切好的豬扒放在炒飯上，淋上醬汁並拿走月桂葉，撒上水牛芝士（D）
10. 放入已預熱成上火 200 度的焗爐，焗 6 分鐘至金黃色，完成

豬扒醃料 Pork Marinade

鹽 Salt	0.25tsp
白砂糖 Granulated Sugar	10g
蒜粉 Garlic Powder	2g
洋蔥粉 Onion Powder	2g
生抽 Light Soy Sauce	8g
雞蛋 Egg	1pc（55–58g）
水 Water	少量

炒飯 Fried Rice

白飯 Cooked Rice	600–800g
雞蛋 Egg	2–3pcs

LEVEL 4

我不入地獄
誰入地獄？

HELL FOOD登頂

萬歲！

水波蛋卡邦尼一丁
Ramen Carbonara with Poached Egg

拉麵一丁 Nissin Ramen ·· 1pack
煙肉 Bacon Strips ·· 2pcs
乾蔥 Shallot ··· 1pc
馬蘇里拉芝士片 Mozarella Slices ······································ 3pcs
雞湯 Chicken Stock ·· 250ml
雞蛋 Egg ·· 1+1
蔥 Green Onion ·· 2g
鹽 Salt
黑胡椒 Black Pepper

水波蛋卡邦尼一丁
Ramen Carbonara with Poached Egg

傳統的意大利卡邦尼意粉，只會用上雞蛋、沒煙燻過的豬腩肉（Pancetta）和芝士（Pecorino Romano），從來不會加忌廉。忌廉的味道會蓋過其他材料的香味，但加了忌廉又是不是大罪？我只知道在意大利，絕對不要質問為何你的卡邦尼沒有忌廉。

步驟 Steps

01. 將煙肉切條，並將乾蔥切片
02. 煲滾熱水，當煲底冒泡時，用木湯羹於水中拌成漩渦（A）
03. 將一隻雞蛋倒進漩渦中心，讓漩渦將蛋白部分捲起（B）
04. 用木湯羹輕輕將蛋白推向蛋黃定形（C）
05. 用木湯羹將整個雞蛋靠邊定住，再煮 2-3 分鐘成水波蛋後撈起放上廚房紙（D）
06. 白鑊煎香煙肉至淺啡色，撈起備用
07. 將乾蔥煮至半透明後，加入雞湯和大部份馬蘇里拉芝士片煮至溶掉
08. 滾起後加入拉麵一丁並用筷子弄鬆，用鹽和黑胡椒調味
09. 把煙肉回鑊
10. 關火後加入剩餘的雞蛋蛋漿拌勻，放入餘下的馬蘇里拉芝士片，放上水波蛋，完成

白汁雞皇酥皮盒
Chicken à la King with Puff Pastry

醃料 Marinade

鹽 Salt	·························	0.5tsp
糖 Sugar	·························	1tsp
洋蔥粉 Onion Powder	···············	0.5tsp
蒜粉 Garlic Powder	················	0.5tsp
白蘑菇 Mushroom	················	135g
去皮雞上牌 Skinless Chicken Thigh	···	250g
淺黑糖 Light Brown Sugar		

青豆 Green Peas	····················	55g
牛油 Butter	····················	40g
中筋麵粉 AP Flour	·················	40g
忌廉 Cream	····················	200ml
雞湯 Chicken Stock	···············	100ml
水 Water	····················	200ml
酥皮 Puff Pastry 25cm x25cm	··········	1pc
油浸烤甜紅椒 Roasted Piquillo in oil	···	3pcs

白汁雞皇酥皮盒
Chicken à la king with Puff Pastry

這道菜是我叔叔的拿手好戲。當年我叔叔還居住加拿大的時候，每次去探他，他也會煮這道菜。味道固然好，但我覺得味道是其次，反而是每次家人從海外不同地方能聚首一堂，才最重要。而這白汁雞皇酥皮盒，在我心中就成就了這感覺，閒時一煮，挺窩心的。

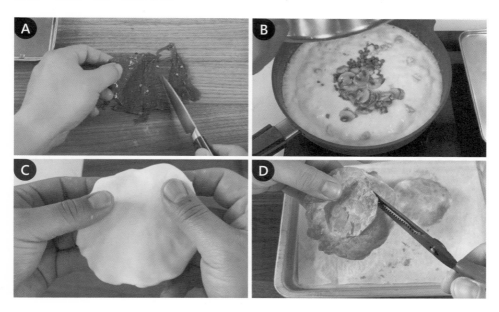

步驟
Steps

01. 將雞上髀切成一口大小，加入鹽、淺黑糖、洋蔥粉和蒜粉拌勻並醃至少 20 分鐘
02. 將白蘑菇的莖部去掉，削皮並切厚片
03. 將油浸烤甜紅椒切條（A）
04. 白鑊加入白蘑菇，用大火炒香，加入鹽和黑椒調味後煮 20 秒，然後關火撈起
05. 將牛油煮至起泡後加入中筋麵粉煮 1 分鐘
06. 加入冷凍雞湯不停攪拌後倒入忌廉和水，攪拌至粉粒消失，成白汁
07. 滾起後加入雞上髀，蓋上鍋蓋煮 5 分鐘後，加入青豆、白蘑菇和油浸烤甜紅椒成白汁雞皇，用最細火保溫（B）
08. 用圓形模具於酥皮壓出 9 塊圓酥皮，每 3 塊圓酥皮堆疊一起，用手壓成厚塊後放置裝有牛油紙的焗盤（C）
09. 把酥皮放入 220 度焗爐焗 10 分鐘成酥皮盒
10. 將焗好的酥皮盒中央煎一個圓孔，放入白汁雞皇，完成（D）

排骨年糕
Pork Chop & Rice Cake

薑蔥水 Ginger–Scallion Water

薑 Ginger	10g
蔥 Green Scallion	45g
水 Water	250ml
有骨豬扒 Bone–in Pork Chop	550g

上海年糕 Glutinous Rice Cake

鹽 Salt	3g
蒜粉 Garlic Powder	0.5tsp
洋蔥粉 Onion Powder	0.5tsp
生抽 Light Soy Sauce	8g
木薯粉 Tapioca Starch	8g
薑蔥水 Ginger–Scallion Water	100–120ml
白砂糖 Granulated Sugar	8g

排骨年糕
Pork Chop & Rice Cake

炸排骨是經典的上海小食，但你又可知它源奧地利的炸豬排 Schnitzel？

19 世紀中，上海開埠，西方料理大量輸入，而 Schnitzel 大受歡迎。久而久之，變成了家常菜，而後來亦演變成上海獨有的小吃。

步驟
Steps

01. 將有骨豬扒去筋，用刀背槌鬆拍薄身（A）
02. 加入鹽、洋蔥粉、蒜粉、白砂糖、生抽、薑蔥水和 8g 木薯粉，封保鮮紙冷藏醃半小時
03. 混合中筋麵粉、餘下的木薯粉、鹽和雞蛋
04. 分次加入水和油拌勻成炸漿，封保鮮紙冷藏
05. 用油以細火爆香甜麵豉，加入白砂糖、雞湯和老抽
06. 煮滾後加入陳醋，分次倒入預先與木薯粉混合的水，放至容器保溫成年糕汁（B）
07. 將預先泡水的上海年糕打斜切半後抹乾水分（C）
08. 將沾上炸漿的有骨豬扒放入 170 度油溫，每塊炸 2 分鐘
09. 再用 200 度油溫翻炸有骨豬扒，每塊 1 分鐘
10. 清理炸漿殘渣後，用 180 度油溫把上海年糕炸 2 分鐘，將年糕汁淋上上海年糕，完成（D）

炸漿 Frying Batter

中筋麵粉 AP Flour	140g
木薯粉 Tapioca Starch	40g
雞蛋 Egg	1pc（52–55g）
鹽 Salt	2g
水 Water	150ml
粟米油 Corn Oil	15g

年糕汁 Rice Cake Sauce

甜麵豉 / 海鮮醬 Sweet Fermented Bean Paste / Hoi Sin Sauce	35g
陳醋 Black Vinegar	10g
白砂糖 Granulated Sugar	25g
老抽 Dark Soy Sauce	5g
雞湯 Chicken Stock	120–150ml
木薯粉 Tapioca Starch	15g
水 Water	25g

容易煮的星洲炒米
Easy Singaporean Fried Rice Noodles

米粉 Rice Noodle	110g	薑黃粉 Turmeric Powder	0.5tsp
蝦 Shrimp	90g	銀芽 Bean Sprouts	60g
綠燈籠椒 Green Bell Pepper	0.5pc	叉燒 BBQ Pork	40g
紅燈籠椒 Red Bell Pepper	0.5pc	雞湯 Chicken Stock	60ml
洋蔥 Onion	0.25pc	鹽 Salt	1g
咖哩醬 Curry Paste	0.25tsp	雞蛋 Egg	

容易煮的星洲炒米
Easy Singaporean Fried Rice Noodles

　　如果你去新加坡，會否去吃星洲炒米？如果有，新加坡人會叫你回香港吃吧！因為星洲炒米是出自香港。相傳當年香港的廚師，想找方法使用由英國人帶來的咖喱粉，於是星洲炒米就誕生了。

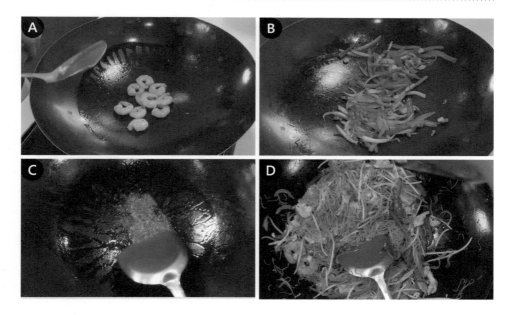

步驟
Steps

01. 將米粉放入滾好的熱水，用筷子弄散及煮至半熟後撈起瀝乾水分，然後稍為剪碎
02. 用油炒香雞蛋後撈起
03. 用油將蝦炒香至實色，撈起（A）
04. 用油炒香洋蔥、綠燈籠椒、紅燈籠椒
05. 當洋蔥變成半透明，加入叉燒炒勻後撈起（B）
06. 用油爆香咖喱醬和薑黃粉（C）
07. 加入部分雞湯攪拌後連同米粉炒勻至乾身
08. 以中細火將雞蛋、蝦、洋蔥、綠燈籠椒和紅燈籠椒回鑊炒香
09. 加入銀芽，調高火候將剩餘的雞湯於鍋邊倒進（D）
10. 調至中慢火拌勻後用鹽調味，完成

擔擔面
Dan Dan Noodles

上海麵 Shanghai Fried Noodles

意大利陳醋 Balsamic Vinegar	15ml
老抽 Dark Soy Sauce	5ml
花生碎 Peanuts	10g
蔥花 Green Scallion	

擔擔麵醬 Noodle Base Sauce

乾蔥蓉 Minced Shallots	120g
洋蔥蓉 Minced Onion	120g
蒜蓉 Minced Garlic	40g
豆瓣醬 Chili Bean Paste	50g
指天椒粉 Chili Powder	5g
油 Oil	100ml

擔擔面
Dan Dan Noodles

我家人很喜歡吃「港式」四川菜。以前香港的四川菜不像現在甚麼都是麻辣味－不是我不喜歡麻辣，而是有點麻木吧了。當所有菜式都是又辣又麻，舌頭當刻已嘗不到味，多可惜。麻辣適中，有點痺痺的，就最完美了。

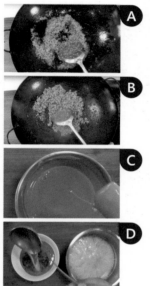

步驟 Steps

01. 用油炒香乾蔥蓉、洋蔥蓉和蒜蓉，加入豆瓣醬和指天椒粉成擔擔麵醬備用（A）
02. 用油炒香薑蓉、免治豬肉、紹興酒、洋蔥粉、白砂糖、榨菜粒、20ml 老抽和雞湯，蓋上鍋蓋以中慢火煮 10 分鐘
03. 加入預先與水混合的木薯粉，撈起備用成肉醬（B）
04. 混合幼滑花生醬、芝麻醬、花椒油、辣椒油和芝麻油成醬汁備用（C）
05. 將上海麵煮熟，保留煮上海麵的湯汁
06. 將醬汁倒於上菜碗，加入擔擔麵醬、意大利陳醋和 5ml 老抽
07. 加入少量上海麵的湯汁拌勻（D）
08. 再將上海麵撈起加入
09. 加入肉醬、花生碎和蔥花，完成

肉醬 Meat Sauce

免治豬肉 Minced Pork	300g
薑蓉 Minced Ginger	5g
老抽 Dark Soy Sauce	20ml
白砂糖 Granulated Sugar	20g
洋蔥粉 Onion Powder	3g
雞湯 Chicken Stock	200ml
榨菜粒 Minced Pickled Mustard Greens	40g
紹興酒 Xiao Xing Wine	15ml
木薯粉 Tapioca Starch	5g
水 Water	15ml

醬汁 Sauce

幼滑花生醬 Smooth Peanut Butter	280g
芝麻醬 Sesame Sauce	40g
辣椒油 Chili Oil	30g
花椒油 Sichuan Peppercorn Oil	30g
芝麻油 Sesame Oil	40g

台式肉燥飯
Taiwanese Minced Meat Rice

免治豬肉 Minced Pork	1000g	油蔥酥 Deep Fried Red Shallots	80g
豬皮 Pork Skin	350g	生抽 Light Soy Sauce	20g
薑片 Ginger Slice	50g	老抽 Dark Soy Sauce	30g
蔥段 Green Scallion	80g	蔥花 Chopped Green Scallion	50g
黑糖 Dark Brown Sugar	70g	薑蓉 Minced Ginger	20g
冰糖 Rock Sugar	80g	水 Water	600ml
黑豆蔭油膏 Black Bean Soy Paste	150g	鹽 Salt	

台式肉燥飯
Taiwanese Minced Meat Rice

實不相瞞，之前我煮的肉燥飯不好吃。當時不好吃是因為我怎麼做，也做不到那種香、那種黏。後來從台灣朋友口中，才發現要加豬皮烹調。用後效果截然不同，好味非常。但還有一個做法和我食譜有少許分別，就是將豬皮搞碎連肉燥一起煮，應該會好味數倍！

步驟 Steps

01. 把豬皮弄鬆散放入冷水，加入薑片、鹽和蔥段煮滾後，用中慢火煮 20-25 分鐘
02. 將豬皮撈起剪塊，備用
03. 白鑊炒香黑糖，加入少量水和免治豬肉，用中上火炒勻（A）
04. 調至中火煮 3 分鐘，把豬油迫出
05. 加入薑蓉和蔥花
06. 加入油蔥酥（B）
07. 加入黑豆蔭油膏（C）
08. 加入生抽、老抽和冰糖，把豬皮回鑊（D）
09. 把剩餘的水倒進，煮滾後轉細火煮 1.5 小時至收汁成台式肉燥
10. 把豬皮夾起，將台式肉燥倒進飯中，完成

蕃茄腸仔煙肉芝士飯
Cheesy Sausage Bacon & Tomato Rice

米 Rice	350g		香腸 Sausage		2pcs
罐頭蕃茄醬 Tomato Sauce	300g		煙肉 Smoked Bacon		2 strips
雞湯 Chicken Stock	150g		水牛芝士 Mozzarella		100–120g
水 Water	100g		白砂糖 Granulated Sugar		5g
蒜頭 Garlic	20g		鹽 Salt		a pinch
洋蔥 Onion	100g				

蕃茄腸仔煙肉芝士飯
Cheesy Sausage Bacon & Tomato Rice

這道菜我稱之為「打風飯」或「頂級頹飯」。除了白飯應該是新鮮煮之外，其他材料一律已是加工食品，所以味道一定足夠。說真的，我也不敢吃太多，因為太邪惡了，這飯會令你一邊讚好，一邊怪責自己的！

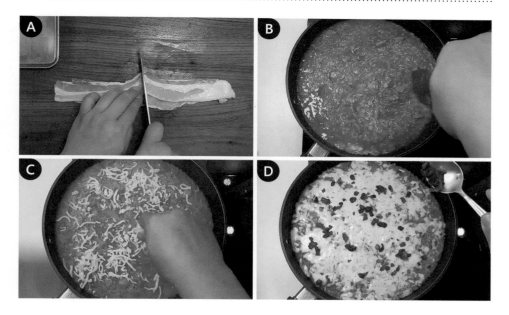

步驟 Steps

01. 將香腸以滾刀法切塊、洋蔥去蒂切粒、煙肉疊起切半、蒜頭磨成蒜蓉（A）
02. 將米洗淨並瀝乾水分
03. 用細火加熱煎鍋後，白鑊把煙肉煎 8-10 分鐘至迫出油，撈起
04. 保留剪香煙肉的油份，調至中火加入洋蔥和香腸
05. 將洋蔥炒至半透明後加入蒜蓉和米拌勻，將米炒至變成實色
06. 加入預先混合的雞湯和水、罐頭蕃茄醬、鹽和白砂糖（B）
07. 蓋上鍋蓋以中火煮 8-10 分鐘
08. 灑上水牛芝士後蓋上鍋蓋以細火煮 1 分鐘（C）
09. 關火再焗 3 分鐘
10. 加入煙肉，完成（D）

蝦多士
Prawn Toast

虎蝦 Tiger Prawns	6pcs
白方包 White Sandwich Bread	3pcs
雞蛋 Eggs	2pcs
木薯粉 Tapioca Starch	60g
鹽 Salt	1.5 tsp
麻油 Sesame Oil	1/2t sp
日式麵包糠 Panko	15g
白胡椒粉 White Pepper Powder	a pinch

蝦多士
Prawn Toast

蝦多士基本上是一份「可吃的百潔布」。索油能力特強，如果油溫控制得不好，有機會吃的時候會滴油。炸得好的時候，那多士咬下去是多麼的脆，蝦應該是多麼的爽。

步驟 Steps

01. 把白方包推疊切走麵包皮並切半，冷藏備用
02. 將虎蝦剝走蝦殼及去掉蝦腸
03. 於蝦背剕一刀後把虎蝦攤開，然後輕輕斜剕幾刀（A）
04. 加入鹽將虎蝦醃 2 分鐘後沖水，然後瀝乾水分
05. 依次混合木薯粉、鹽、白胡椒和雞蛋蛋漿成粉漿
06. 把白方包掃上粉漿（B）
07. 把虎蝦沾上粉漿，放在白方包上（C）
08. 灑上部分日式麵包糠
09. 把虎蝦朝下，加入鍋中以中大火炸 1 分鐘至金黃色成蝦多士（D）
10. 翻面後調高火候，炸至金黃，完成

上海粗炒
Shanghai Fried Noodle

Ingredients For 3–4 Persons

粗上海麵 Thick Shanghai Noodles	320–350g
椰菜 Cabbage	250g
紅蘿蔔 Carrot	100g
梅頭豬肉 Pork Shoulder Butt	100g
乾冬菇 Dried Shiitake	3pcs

上海粗炒
Shanghai Fried Noodle

　　我小學時候在學校午餐，不像現在我的小朋友般，可以預先決定未來一個月吃什麼午餐。當天有什麼就吃什麼，就算不喜歡吃也會被老師責罵，一定要吃一半，不要浪費。不過當年一見到上海粗炒，每位同學都會食清，很受歡迎。但奇怪，現在已找不到好吃的粗炒，可能人老了不像小學時肚餓。

步驟
Steps

01. 將粗上海麵放入預先加入鹽的滾水，弄散並剪成段，以大火煮 5 分鐘後蓋上鍋蓋焗 15 分鐘，然後放入冰水過冷河 (A)
02. 將預先放冰格一會的梅頭豬肉切塊
03. 加入生抽、老抽、白砂糖、紹興酒、水，木薯粉和油至梅頭豬肉，封保鮮紙冷藏醃至少 20 分鐘 (B)
04. 將椰菜切半去芯並切絲、紅蘿蔔切四邊後切絲、預先浸水的冬菇切薄片
05. 將白砂糖倒進蠔油，加入生抽、老抽和雞湯拌勻至白砂糖完全溶化，成調味汁 (C)
06. 用油以中上火煎香一半份量的梅頭豬肉、紅蘿蔔、椰菜、冬菇和少量調味汁
07. 加入粗上海麵和少量調味汁煮至黏稠後關火 (D)
08. 灑上麻油後炒勻成上海粗炒，完成

調味汁 Seasoning Sauce	
生抽 Light Soy Sauce	25g
老抽 Dark Soy Sauce	15g
蠔油 Oyster Sauce	25g
白砂糖 Granulated Sugar	30–35g
雞湯 Chicken Stock	65g
麻油 Sesame Oil	10g

醃肉調味 Pork Marinade	
生抽 Light Soy Sauce	1tsp
老抽 Dark Soy Sauce	0.25tsp
紹興酒 Xiao Xing Wine	1tsp
白砂糖 Granulated Sugar	0.5tsp
木薯粉 Tapioca Starch	0.5tsp
水 Water	15g
油 Oil	5ml

炸冬甩
Doughnut

Ingredients For 14–16 Doughnuts

活性乾酵母 Active Dried Yeast ········ 7g

中筋麵粉 All Purpose Flour ········ 640g

白砂糖 Granulated Sugar ········50g

鹽 Salt ········ 6g

無鹽牛油 Unsalted Butter ········· 115g

全脂牛奶 Whole Milk ········300ml

雞蛋 Eggs ···················· 120g（2pcs）

雲呢拿精油 Vanilla Extract ············· 8g

菜油 Vegetable Oil ··········· 3–5g

額外白砂糖及中筋麵粉 Granulated Sugar and AP Flour for Dusting

糖粉 Icing Sugar

炸冬甩
Doughnut

當年讀中學的時候，有位師兄說了一個關於炸冬甩的鹹濕笑話。我當然不會在這裡寫出來，但可以寫出重點，你自己領會好了：做冬甩一定要搵男廚師。

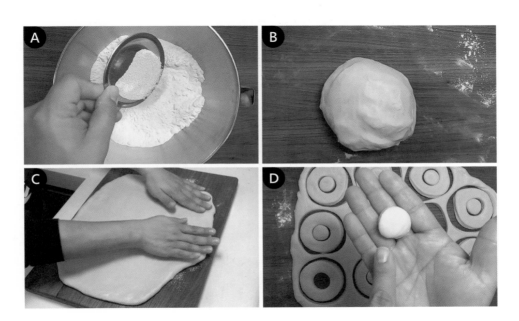

步驟
Steps

01. 將活性乾酵母放入中筋麵粉加入鹽、50g 白砂糖和雞蛋（A）
02. 加入預先放置室溫的無鹽牛油、雲呢拿精油和全脂牛奶，用攪拌機拌勻 2-3 分鐘成麵團
03. 將額外的中筋麵粉灑上砧板，放上麵團，沾上更多額外的中筋麵粉，搓成圓球（B）
04. 放入預先塗上菜油的容器，於麵團表面再加入少量菜油，封保鮮紙，放進 35 度的焗爐發酵 1-1.5 小時
05. 再將額外的中筋麵粉灑上砧板，放上麵團，搓走空氣
06. 撒上額外的中筋麵粉於麵棍上，搓成長方形（C）
07. 用曲奇刀壓出約 11 個圓形麵團
08. 再以較小尺寸的曲奇刀於圓形麵團的中央壓走小圓形，封保鮮紙靜待 45 分鐘成冬甩（D）
09. 以中慢火把冬甩每邊炸約 2 分鐘
10. 把糖粉隔篩撒上冬甩，完成

咕嚕肉
Sweet & Sour Pork

五花腩 Pork Belly	500g
鹽 Salt	5g
白砂糖 Granulated Sugar	5g
雞蛋 Egg	1pc（45–50g）
紹興酒 Xiao Xing Wine	20g
木薯粉 Tapioca Starch	5g
罐頭菠蘿片 Canned Pineapples Slice	1pc
青燈籠椒 Green Bell Pepper	1pc
紅燈籠椒 Red Bell Pepper	1pc

咕嚕肉
Sweet & Sour Pork

暴露年齡系列！想當年看了一套我很喜歡的電影叫《金玉滿堂》，有哥哥張國榮、袁詠儀、羅家英等等主演。我印象最深刻的一幕，就是超凡集團個「脆皮乾炒牛河」，大戰滿漢樓的「水晶咕嚕肉」。我到現在仍然好想吃到戲內那兩款餸，而因為這齣戲，我有意無意都會用乾炒牛河，和咕嚕肉去衡量一間餐廳的水準。這兩款餸不是難煮，但煮得好就很難。

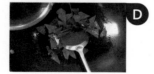

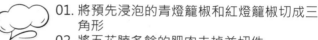

步驟 Steps

01. 將預先浸泡的青燈籠椒和紅燈籠椒切成三角形
02. 將五花腩多餘的肥肉去掉並切件
03. 加入鹽、白砂糖、紹興酒、雞蛋蛋漿、木薯粉，封保鮮紙冷藏醃至少半小時
04. 白鑊以細火加入冰糖和片糖，調至中火加入水，煮至溶化後調至細火加入米醋或白醋
05. 調高火候加入喼汁、茄汁、OK汁和鹽，調至細火煮成甜酸汁（A）
06. 將五花腩捏成一塊，沾上木薯粉並搓成球（B）
07. 以160度油溫加入五花腩炸至金黃色後撈起
08. 以190度用大火把五花腩回鑊翻炸1.5分鐘後撈起（C）
09. 用油爆香青燈籠椒和紅燈籠椒，加入少量甜酸汁和五花腩，調至大火，分次加入餘下的甜酸汁炒至乾身（D）
10. 加入罐頭菠蘿片炒勻，完成

甜酸汁 Sweet and Sour Sauce

米醋 / 白醋 Rice vinegar /White Vinegar …… 100g	OK汁 OK Sauce ……………………… 30g
冰糖 Rock Sugar ………………………60g	水 Water ……………………………… 20g
片糖 Slab Sugar ………………………40g	鹽 Salt
茄汁 Ketchup ……………………… 25g	
喼汁 Worcestershire Sauce ………… 5g	**豬肉上粉用 For Dredging**
	木薯粉 Tapioca Starch …………………80g

乾炒牛河
Stir Fried Rice Noodles With Beef

牛肉 Beef ···················· 120g
炒河 Frying Flat Noodles ··········· 400g
銀芽 Chinese Chives ············ 60g
韭黃 Bean Sprouts ·············· 30g

汁 Sauce
老抽 Dark Soy Sauce ············· 13–15g
生抽 Light Soy Sauce ··················· 15g

牛肉醃料 Beef Marinade
生抽 Light Soy Sauce ···················· 8g
白砂糖 Granulated sugar ··········· 3g
紹興酒 Xiao Xing Wine ··········· 8g
木薯粉 Tapioca Starch ··········· 3g
水 Water ···················· 10g

乾炒牛河
Stir Fried Rice Noodles With Beef

　　不知道為什麼很久沒有吃乾炒牛河，可能找不到好吃的？過往的大排檔炒河最好吃，河粉炒至有些微焦黑，脆脆的，又乾身－這種牛河真的很難再找到。師傅老了，舖頭沒了，技術失傳，或學藝未精，真的很可惜。我這個食譜不是最好，但成功機會很大，有機會越炒越好，尋回失散的味道。

步驟
Steps

01. 將生抽、白砂糖、紹興酒、木薯粉和水加入至牛肉，封保鮮紙冷藏醃 20 分鐘
02. 將蔥的頭尾部份去掉，切段並成蔥段和蔥白，並將韭黃切走軟身部分（A）
03. 將炒河弄散用手分成一條條（B）
04. 用油把牛肉煎香一會後炒勻，撈起備用
05. 把鑊洗乾淨後用油爆香蔥白、蔥段和銀芽，加入炒河用筷子炒勻（C）
06. 加入生抽和老抽
07. 加入牛肉和韭黃（D）
08. 煮至炒河變微焦，完成

紅燒元蹄
Braised Pork Knuckle

元蹄 Pork Knuckle	1800g	薑 Ginger	15g
薑 Ginger	15g	京蔥 Leek	90g
蔥 Green Scallion	40g	冰糖 Rock Sugar	80g
紹興酒 Xiao Xing Wine	60g	生抽 Light Soy Sauce	30g
鹽 Salt	8g	老抽 Dark Soy Sauce	20g
		水 Water	

滷汁 Braising Liquid

八角 Star Anise	1pc	**煮汁 For Sauce**	
月桂葉 Bay Leaf	3pcs	冰糖 Rock Sugar	40g
草果 Tsaoko	1pc	生抽 Light Soy Sauce	20g
肉桂條 Cinnamon Stick	5g		

紅燒元蹄
Braised Pork knuckle

膚淺的我跟你說:「這道菜是用來『呃 like』的。」想像在家宴客時,捧着這個元蹄出場,必定嘩聲四起。你也感覺良好,因為你從來沒有想過,自己能煮到這道菜。至於邪惡程度來說,你看到這裡都不需要太計較吧!

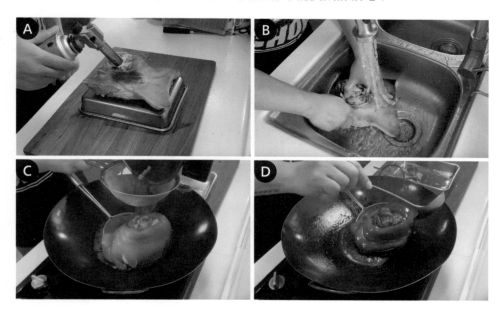

步驟
Steps

01. 冷水放進元蹄,開火汆水 25-30 分鐘後用水沖乾淨,然後抹乾水分
02. 將元蹄皮朝上,放置於倒轉的四方形鐵盤,用火槍炙燒外皮至焦黑(A)
03. 用全新的百潔布把元蹄一邊沖水,一邊擦走外皮焦黑部分(B)
04. 將元蹄周邊修剪整齊,於皮與骨之間稍為割開
05. 將鹽、紹興酒、蔥和薑放入水中,然後加入元蹄後開火,以中上火炆煮半小時
06. 用壓力鍋以油爆香薑片、京蔥、冰糖和少量水,將元蹄撈起加入後把餘下的水倒進
07. 加入老抽和生抽,再放入預先把八角、月桂葉、草果和肉桂條放進的香料包成滷汁
08. 輕輕攪拌後蓋上鍋蓋,煮滾後調至最細火煮 2.5 小時,然後關火焗半小時
09. 拿走京蔥、薑片和香料包,把元蹄撈起放入鑊中,把湯汁用筲箕隔渣淋上(C)
10. 開火後把淋上湯汁的元蹄先拿開,加入冰糖和生抽用中大火煮滾成醬汁
11. 把元蹄放進,將醬汁不停淋上表面,醬汁煮至黏稠後調成細火,煮至糖漿質地,把元蹄上碟後淋上醬汁,完成(D)

越南牛油雞翼
Vietnamese Butter Chicken Wings

雞中翼

Chicken Wing Mid-joint	500–600g
青檸汁 Juice of a Lime	1pc
魚露 Fish Sauce	15g
白砂糖 Granulated Sugar	3g
蒜粉 Garlic Powder	1tsp (4g)
洋蔥粉 Onion Powder	1tsp (4g)

牛油汁 Butter Sauce

青尖椒 Green Pepper	1pc
紅燈籠椒 Red Bell Pepper	100g
蒜蓉 Minced Garlic	30g
無鹽牛油 Unsalted Butter	50g
鹽 Salt	a pinch
木薯粉 Tapioca Starch	80–100g

越南牛油雞翼
Vietnamese Butter Chicken Wings

　　雞翼，不論煮成怎麼樣，就算乾到像柴，小時候的我也會很高興的吃下去。不過，有一次食雞翼，被尖尖的雞骨刺傷了口腔，但因為那雞翼太好味，我是繼續把它吃完才去處理傷口。究竟是我為食，還是雞翼是無敵的？

步驟
Steps

01. 將洋蔥粉、蒜粉、白砂糖、魚露、青檸汁加至雞中翼，封保鮮紙醃至少 1 小時
02. 將紅燈籠椒去蒂去籽並切粒，並將青尖椒切粒
03. 將醃好的雞中翼均勻裹粉並放置於木薯粉上（A）
04. 拍走多餘的木薯粉，用 140 度油溫把雞中翼炸 4-5 分鐘後撈起
05. 再用 180 度油溫把雞中翼翻炸 20 秒至金黃後，撈起放涼（B）
06. 用油爆香青尖椒和紅燈籠椒 1 分鐘
07. 加入蒜蓉和無鹽牛油，把無鹽牛油煮溶後關火成牛油汁
08. 將牛油汁淋上放置容器的雞中翼（C）
09. 連同容器拋起拌勻牛油汁和雞中翼，完成（D）

梅菜扣肉
Braised Pork Belly With Preserved Mustard Greens

五花腩 Pork Belly ························· 800g
梅菜 Preserved Mustard Greens ··· 180g
薑 Ginger ································· 20g
蔥 Green Scallion ························ 30g
紹興酒 Xiao Xing Wine ················ 30g
老抽（上色用）Dark Soy Sauce（for coloring）························· 25g

梅菜調味 Mustard Green Seasoning
生抽 Light Soy Sauce ··················· 20g
白砂糖 Granulated Sugar ·············· 30g

蒜蓉 Minced Garlic ····················· 15g

醬汁 Sauce
生抽 Light Soy Sauce ··················· 20g
老抽 Dark Soy Sauce ··············· 15g
蠔油 Oyster Sauce ····················· 20g
冰糖 Rock Sugar ························· 50g
肉桂 Cinnamon ·························· 4g
八角 Star Anise ························· 1pc
水 Water ······························· 60g

梅菜扣肉
Braised Pork Belly With Preserved Mustard Greens

　　小時候，祖父母逢星期六晚都會帶我們去吃客家菜：鹽焗雞、釀豆腐、炸大腸和梅菜扣肉等等，全都是常常點的菜式。當年最怕吃梅菜扣肉，因為那扣肉的肥膏在嘴裡感覺不好受，我只會吃梅菜。後來長大後自己煮，發現好多時是餐廳選料不好 - 材料好，你的菜式已贏了一半……再跟我的食譜，你還不贏在起跑線？

步驟 Steps

01. 將五花腩放在已加入鹽、紹興酒、蔥段和薑片的水，煮滾後汆水 30 分鐘
02. 在熱鍋中白鑊加入肉桂和八角烘香 1 分鐘後，加入冰糖、水、生抽、老抽和蠔油，用細火把冰糖煮溶和起泡後關火，然後撈起放涼成醬汁（A）
03. 將預先洗淨和浸泡 15 分鐘的梅菜扭乾水份後去掉根部，將一半梅菜切粒，餘下切則切片（B）
04. 趁熱把已汆水的五花腩用叉於表皮戳孔，分次加入少量老抽並用手拌勻，將五花腩皮朝下放涼備用，等待上色（C）
05. 用油以中火炒香梅菜，加入生抽、白砂糖和新鮮蒜蓉，炒至乾身後撈起備用
06. 用廚房紙稍為把五花腩擦拭，把五花腩皮朝下放入鍋中，期間用鍋蓋蓋住五花腩
07. 用 140 度油溫炸香至鍋蓋蒸氣消失，翻面繼續炸
08. 把五花腩撈起放置冰水 5-8 分鐘後吸乾水分，再把醬汁中的肉桂和八角拿走
09. 將五花腩切片並堆砌整齊，塗抹醬汁，鋪上梅菜（D）
10. 隔水用細火蒸 2.5-3 小時後先倒走醬汁，用上菜碟覆蓋然後把五花腩反轉上碟，再淋上醬汁，完成

紅燒茄子
Braised Eggplant

茄子 Eggplant	550g		老抽 Dark Soy Sauce	10g
京蔥（白色部分）Leek (White Part)	55g		蠔油 Oyster Sauce	10g
枝豆（連殼）Edamame (With Shell)	90g		木薯粉 Tapioca Starch	35g
薑蓉 Minced Ginger	15g		白砂糖 Granulated Sugar	30g
蒜蓉 Minced Garlic	40g		雞湯 Chicken Stock	300ml
生抽 Light Soy Sauce	20g		水 Water	120ml

紅燒茄子
Braised Eggplant

　　小時候的我，有很多東西都不喜歡吃。蒜頭、蕃茄、洋蔥、榴槤等等等……還有茄子。「煮出來軟、滑潺潺，真不明白長輩們為何那麼愛吃？」但自從有一次，被逼吃過紅燒茄子後 (大有可能被責罵我揀飲擇食)，我就不再怕吃茄子了。多謝那餐廳的大廚。長大後，還越來越愛吃。

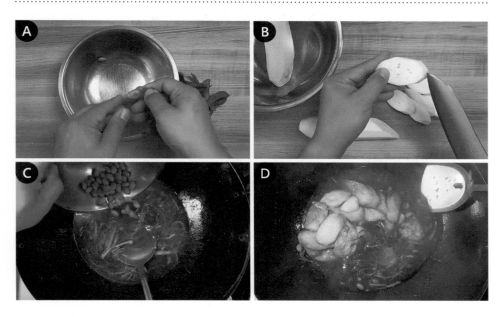

步驟
Steps

01. 京蔥只取白色部分，切走頭部並去掉表皮，然後切半再切幼絲
02. 把預先浸泡的枝豆擠出豆粒部分然後備用 (A)
03. 將茄子頭部去掉，刨走外皮，並切成厚片 (B)
04. 加入木薯粉連同容器搖晃攪拌
05. 用中大火把茄子炸 1 分鐘至金黃後撈起隔油
06. 調至中火後倒入少量剛炸香茄子的油，爆香薑蓉、京蔥和蒜蓉
07. 加入雞湯、水、白砂糖、老抽、生抽、蠔油和枝豆 (C)
08. 用中火煮滾後，把茄子回鑊加入 (D)
09. 以中火繼續煮 5 分鐘，完成

京式炸醬麵
Northern Chinese Style Meat Sauce Noodle

五花腩 Pork Belly	500g	蒜蓉 Minced Garlic	30g
梅頭豬肉 Pork Shoulder	350g	豆乾 Dried Tofu	280g
甜麵豉 Fermented Sweet Bean Paste	300g	老抽 Dark Soy Sauce	10g
普寧豆醬 Fermented Chiu Chow Bean Paste	40g	冰糖 Rock Sugar	80g
京蔥白 Leek (White Part)	200g	紹興酒 Xiao Xing Wine	250ml
薑蓉 Minced Ginger	15g	青瓜 Fresh Cucumber	0.5pc

京式炸醬麵
Northern Chinese Style Meat Sauce Noodle

「味道是回憶。」小時候，這道菜是我嫲嫲會煮而我又很愛吃。因為可以加好多不同款式的醬汁，撈出自己喜愛的味道－第一碗可能多點麻醬，第二碗可能多點黑醋……除了好味之外，最深刻的記憶，就是每逢吃炸醬麵，全家大大細細都會在一起，很開心一起吃，很開心一起撈。每次想起這個畫面，都很窩心。

步驟
Steps

01. 將青瓜頭部去掉，斜切一半，一半份量斜切成片，餘下則切絲，然後封保鮮紙冷藏
02. 京蔥只用白色部份並切粒，用笊箕盛載沖水，然後瀝乾水分
03. 將豆乾、五花腩和梅頭豬肉切厚粒
04. 混合甜麵豉和普寧豆醬後，分三次加入紹興酒拌匀，再加入老抽成醬汁（A）
05. 用油以中火炒香五花腩和梅頭豬肉，煮走水分（B）
06. 以中慢火繼續煮約半小時以迫走油分，當五花腩和梅頭豬肉變乾身，可調至細火烹煮至油變透明（C）
07. 加入薑蓉和三分一份量的京蔥，調至中慢火
08. 加入蒜蓉、豆乾和醬汁
09. 加入冰糖並煮滾後，再灑上三分一份量的京蔥，調至細火煮 25 分鐘（D）
10. 炒匀醬汁後把剩餘的京蔥一併加入，煮 5 分鐘，把青瓜連同煮好的麵條上碟，完成

賀年年糕
Chinese New Year Sweet Glutinous Cake

糯米粉 Glutinous Nice Powder	600g
澄麵粉 Wheat Flour	50g
木薯粉 Tapioca Starch	150g

糖水 Syrup

淺色片糖（大糖）Light Colored Slab Sugar	480–500g
片糖 Dark Colored Slab Sugar	80–100g
水 Water	700g
椰漿 Coconut Milk	40g
粟米油 Corn Oil	40g + 8g

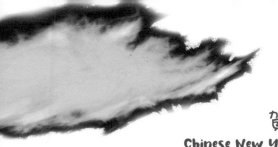

賀年年糕
Chinese New Year Sweet Glutinous Cake

　　我有一次吃年糕的慘痛經歷。某年農曆新年，在雪櫃發現一盒未開的年糕。那一年收到很多糕，花了很長時間才吃得掉，所以突然發現雪櫃還有一底，是很驚訝的。長話短說，當我煎那盒年糕時，它們一塊一塊的溶化，就像我的腹肌一樣六合一；變成了一餅也算，還要完全不好吃！年糕不好吃是很難的！所以跟我的食譜，一定好吃。哈哈哈。

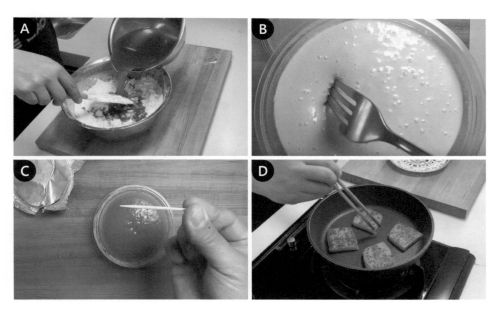

步驟
Steps

01. 將大糖和片糖放入滾水煮至溶掉，成糖水
02. 把糯米粉、澄麵粉和木薯粉用隔篩隔至幼細並用打蛋器混合成粉漿
03. 隔著冰水將糖水加速降溫，加入椰漿後繼續放涼
04. 將放涼的糖水逐少加入至粉漿拌勻至濃稠，用隔篩隔至幼細（A）
05. 分次把 8g 粟米油加入攪拌
06. 倒入預先掃上餘下粟米油的膠容器至八成半滿
07. 用叉把表面的泡泡戳走，連同容器稍為用力搖晃（B）
08. 用錫紙蓋於表面，然後用大火蒸 1 小時成年糕
09. 利用牙籤測試乾身程度，視乎情況繼續蒸煮，完成後冷藏一晚（C）
10. 把冷藏好的年糕切厚片後，用慢火煎香，完成（D）

焦糖忌廉多士磚
Crunchy Toast with Caramel Sauce

白方包 White Bread	4pcs
無鹽牛油 Unsalted Butter	110g
黑糖 Light Brown Sugar	60g
蜜糖 Honey	55g
鹽 Salt	a pinch

忌廉 Whipped Cream

液體忌廉 Whipping Cream	120g
糖粉 Powdered Sugar	8g

雲呢拿醬（或雲呢拿精華）Vanilla Bean Paste（or Vanilla Extract）	12g

鹹焦糖醬 Salted Caramel

白砂糖 Granulated Sugar	200g
無鹽牛油 Unsalted Butter	90g
液體忌廉 Whipping Cream	140g
雲呢拿精華 Vanilla Extract	10g
鹽 Salt	2–4g

焦糖忌廉多士磚
Crunchy Toast with Caramel Sauce

常常在用餐後聽到「吃甜品是有另外一個胃」，但往往跟隨出口的是「甜品最好不要太甜」。其實甜品不太甜，就喪失了甜品的靈魂。如果是嫌甜品太甜，或怕吃太多甜會胖起來，那就乾脆不要吃，「收起你另一個胃」吧！所以你要做個決定 - 這個多士磚是天堂級食物。吃罷，你和天國又拉近了。

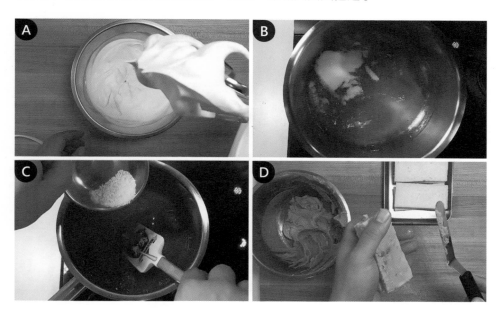

步驟 Steps

01. 混合冷凍的液體忌廉、糖粉、雲呢拿醬和鹽，用電動打蛋器打至軟身成忌廉，封保鮮紙冷藏（A）
02. 用中火煮白砂糖至啡色後，稍為搖晃鍋子煮至變成焦糖（B）
03. 關火後才加入預先切粒的無鹽牛油，保持攪拌
04. 加入雲呢拿精華、液體忌廉和鹽拌勻
05. 部分倒進玻璃樽留待下次使用，剩餘倒進容器成鹹焦糖醬，放涼備用（C）
06. 把白方包堆疊後切走麵包皮並切半，分成四份
07. 將放置室溫的無鹽牛油按平後加入黑糖拌勻，再加入蜜糖和鹽成多士醬
08. 將多士醬塗滿整個白方包，冷藏 8-10 分鐘成多士磚（D）
09. 將冷藏好的多士磚放入已預熱 180 度的焗爐焗 10 分鐘後，翻面用 180 度焗 8 分鐘
10. 放涼後上碟，淋上忌廉和鹹焦糖醬，完成

白糖糕
White Sugar Sponge Cake

活性乾酵母 Active Dry Yeast		8g
室温水 Room Tmperature Water		240g
粘米粉 Rice Four		260g
木薯粉 Tapioca Starch		40g
粟米油 Corn Oil		8g+2g
鹽 Salt		0.5ts

糖水 Syrup Water

白砂糖 Granulated Sugar		150g
水 Water		400g

給酵母用 For the Yeast

糖水 Syrup Water		1tbsp
室温水 Room Temperature Water		2tbsp

☺ 糖糕
White Sugar Sponge Cake

在香港做傳統經典小食，買少見少。好多時因為青黃不接，又或者生意不好，光榮結業。可幸我曾經經歷過賣飛機欖的最後時光、叮叮糖、街邊燒魷魚、戲院門口買蔗食年代。這些不只是食物，是歷史文化，多得書本、影片，令它們可在你家中重新出現，稱得上保育之中又「保肉」！哈哈！

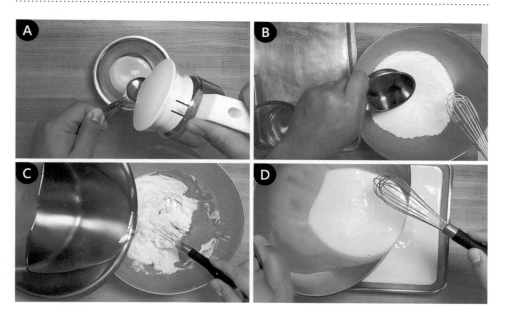

步驟
Steps

01. 加入白砂糖和水於鍋中後開中慢火，煮至白砂糖溶化成糖水
02. 加入兩湯匙的室溫水和一湯匙的糖水至活性乾酵母拌勻成酵母水（A）
03. 混合粘米粉、木薯粉、鹽和粟米油（B）
04. 分次加入 240g 室溫水拌勻成粉漿
05. 將微溫的糖水逐少倒入粉漿拌勻（C）
06. 將酵母水倒進拌勻後，封保鮮紙放在溫暖位置靜待發酵 1 小時成白糖糕
07. 於長方形盤上塗上粟米油，將發酵好的白糖糕攪拌，再倒進長方形盤（D）
08. 用中大火把白糖糕蒸 20 分鐘後放涼半小時
09. 於白糖糕與長方形盤邊之間用刀切割分離
10. 倒轉放置牛油紙上，切件上碟，完成

火柴頭工作室
MATCH MEDIA Ltd.

匯聚光芒，燃點夢想！

《惡魔の食桌》

系　　列：生活百科

作　　者：泰山

出 版 人：Raymond

責任編輯：歐陽有男

封面設計：Hinggo

內文設計：Hinggo@BasicDesign

出　　版：火柴頭工作室有限公司 Match Media Ltd.

電　　郵：info @ matchmediahk.com

發　　行：泛華發行代理有限公司

　　　　　九龍將軍澳工業邨駿昌街 7 號 2 樓

承　　印：新藝域印刷製作有限公司

　　　　　香港柴灣吉勝街 45 號勝景工業大廈 4 字樓 A 室

出版日期：2024 年 7 月初版

定　　價：HK$138

國際書號：978-988-70510-1-5

建議上架：食譜、生活文化